新锐利器——
全新DSLR镜头专业评测

■ 香港《DIGI数码双周》编辑部　温小仪　编著
■ 张健　改编

人民邮电出版社

北　京

图书在版编目（CIP）数据

新锐利器：全新DSLR镜头专业评测 / 温小仪编著；
张健改编. -- 北京：人民邮电出版社，2010.7
ISBN 978-7-115-21973-2

Ⅰ．①新… Ⅱ．①温… ②张… Ⅲ．①数字照相机：
单镜头反光照相机－摄影镜头－基本知识 Ⅳ．①TB851

中国版本图书馆CIP数据核字(2010)第075856号

新锐利器—全新 DSLR 镜头专业评测

◆ 编　著　香港《DIGI 数码双周》编辑部　温小仪

  改　编　张　健

  责任编辑　王　琳

◆ 人民邮电出版社出版发行　　北京市崇文区夕照寺街 14 号
  邮编　100061　电子函件　315@ptpress.com.cn
  网址　http://www.ptpress.com.cn
  北京盛通印刷股份有限公司印刷

◆ 开本：889×1194　1/16
  印张：8.75
  字数：349 千字　　　　　　　　　2010 年 7 月第 1 版
  印数：1－5 000 册　　　　　　　2010 年 7 月北京第 1 次印刷

著作权合同登记号　图字：01-2009-5690 号

ISBN 978-7-115-21973-2

定价：49.00 元

读者服务热线：**(010)67132705**　印装质量热线：**(010)67129223**
反盗版热线：**(010)67171154**

内 容 提 要

本书由香港《DiGi数码双周》编辑部倾力撰写，通过实拍影像数据分析、清晰度、暗角和线性变形等方面镜头的表现，独家评测人气新镜头39支，并横向综合测评了17支标准定焦镜，涉及佳能、尼康、蔡司等多品牌镜头，提供专业建议，帮助读者选择适合自己的镜头。

前言

1913 年，由 Leica 推出的 UR-LEICA 相机，被誉为世界第一部 135 相机。它搭配的镜头是一支 42mm 焦距镜头，拥有与人眼十分相近的视角。从此，不单是 135 相机，整个摄影界便有了"标准"和"标准镜头"。

到了现在，新款变焦镜头已被公认可以接近甚至超越定焦镜头的成像水准，但仍然只限那些昂贵的高级产品。一支拥有大光圈，甚至 f/1.4 超大光圈的标准定焦镜头，凭借其合理的价格和优秀的光学表现，仍然是专业摄影装备中必不可少的一员。有时候，对于真正学习摄影的人，甚至比一支 28-70mm 变焦镜头更适合作为入门的第一支镜头。

本书由中国香港《DiGi 数码双周》编辑部倾力编著，将 2008 ～ 2009 年间著名镜头厂商所推出的新款主流镜头的测试报告一一收录。其中包括 Canon、Carl Zeiss、Nikon、Olympus、Pansonic LEICA、Pentax、Sigma、Sony、Tamron、Tokina 与 Voigtländert 等厂商。当中不乏同时生产数码相机的厂商，例如 Canon，其镜头因而被称为"原厂"；也有只生产镜头，没有机身的厂商，例如 Tamron，虽被称为"副厂"，但一样深受各品牌机身用户的欢迎。近年，越来越多的人爱上摄影，不断购买和升级器材，尤其是数码相机和镜头，市场不断扩大。不论原厂或副厂品牌的镜头质量都因而得到很大提升。换个角度来说，也因为数码摄影太容易"看清"每一款镜头的优劣，所以用户对镜头的要求也越来越严格，不只在成像画质上，还有功能。

在此书中，我们不单收录了 39 支先进镜头的数据规格，还展示了大部分用户都十分留意的镜头画质表现——分辨率、暗角和线性畸变。如何判断每一支镜头的好坏？不是用眼睛看上去好就可以了，我们要通过专业软件，分析由每支镜头所拍下的客观而准确的测试图，才能得出准确的得分数值。通过学习本书，读者就能完全掌握多种镜头的优点和特性，然后多加发挥；同时也会明白每支镜头的不足，然后有所参考。本书是您不能或缺的摄影参考资料。

DiGi 编辑部

Chloe

Felix

Jason

　　不知不觉参与镜头测试栏目工作已有一年了。试过不同牌子、不同焦距的镜头，最广视角的是 18mm 镜头，最长焦的是 400mm 镜头。实不相瞒，从前我是那种"一镜走天下"的人，对于镜头构造和知识只限于光学设计图内有多少枚镜片，也无法体会为何摄影器材发烧友们能有如此大的"毒瘾"。所以当初有幸负责测试镜头，真的让我喜出望外。经过一年，边做边学，对镜头也有了些了解。我最初购买的是佳能数码单反相机，长久以来，偏爱佳能镜头的变焦环扭动方向，这可能是因人而异吧。

　　"工欲善其事，必先利其器"，但我直到我测试 AF-S Micro-Nikkor 60mm f/2.8G 微距镜头，手中拍出 1:1 放大倍率的照片时，我才第一次感到"镜头的威力"。那一刻才理解到为何镜头可以如此"有毒"，自己"深中剧毒"。另一支让我记忆犹新的是 Tamron SPAF 70-200mm f/2.8 Di LD [IF] Macro 长焦镜头，分量十足，我整天拿着它外出拍摄，手腕连日疲累。但当我在写稿时，了解到各种镜头的构造后，不禁赞叹研制人的智慧和心血，也明白了为何镜头的价格能如此之高，甚至比机身价格还高。这一年里，所用的严谨测试方法，配合专业软件分析所得出的数据，让我和各位读者清楚了解了每支镜头的特性长处，也为我增添了一点点的使命感。

温小仪 Chloe WAN
《DiGi 数码双周》记者
深信艺术可以改变人生，最初因为爱上 LOMO 相机，于 2005 年开始学习摄影，后来看过许多展览，对摄影的兴趣愈加浓厚，于是入读全日制摄影课程，越来越发觉摄影无限可能。加入中国香港《DiGi 数码双周》后，有机会使用各种的摄影器材，更增加了摄影的知识和技巧。未来日子里，希望可以利用摄影去改写人生。

Sam

Stephen

Vic

Wang

专业镜头测试方法详细说明

分辨率测试

测试说明

测试要求
- 测试结果以软件分析不同设定下拍摄 ISO12233 分辨率测试图的影像文件，所得分数越高为越好

测试工具
- 指定机身和镜头
- ISO12233 分辨率测试图
- 三脚架
- 手持外置式测光表
- 标准灰卡
- Imatest 软件

测试方法
- 使用三脚架，开启 2s 自拍定时器及反光板预升功能（如果有）
- 架设影室灯，用手持外置式测光表让 ISO12233 分辨率测试图得到平均照度
- 使用 A 光圈优先模式分别以不同的光圈值拍摄 ISO12233 分辨率测试图的规定范围
- 关闭自动感光度功能，手动设定最低感光度
- 关闭任何防抖功能
- 选用 JPEG 格式储存，每张 JPEG 以机身最高分辨率的最高画质格式记录
- 预设的影像效果
- 使用手动自定义白平衡模式，以标准灰卡作标准测光
- 中央偏重测光模式
- 关闭自动曝光补偿功能（即设定为 ±0EV）
- 把影像导入 Imatest 软件，分别向中央和边缘位置进行 SFR（SpatialFrequency Response）项目运算。并以 MTF50 分析，然后计算分辨率得分，单位为 LW/PH

分辨率得分变化因素

高 ‹.....................SFR 得分 ....› 低
大 ‹.....................感光元件画幅尺寸 ....› 小
高 ‹.....................感光元件的像素总值 ....› 低
小 ‹.....................拍摄 ISO12233 分辨率测试图范围 ....› 大
高 ‹.....................照片效果系统的锐利度参数设定 ....› 低
高 ‹.....................照片效果系统的对比度参数设定 ....› 低

▲ 测试现场实况例子

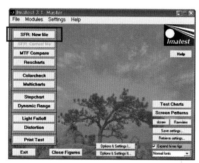

▲ 使用测试软件 Imatest v3.1 Master 作数据分析，测试项目为 "Light Falloff"

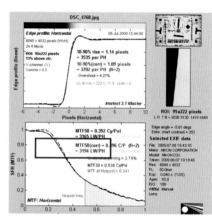

▲ 经 Imatest 分析后，所得的影像分辨率得分图，我们收集不同光圈和不同位置的得分

四角失光测试

测试说明

测试要求

- 测试结果以软件分析不同设定下拍摄全白的影像，所得的失光指数越低越好

测试工具

- 指定机身和镜头
- 全白不反光卡纸
- 三脚架
- 手持外置式测光表
- Imatest 软件

测试方法

- 使用三脚架让镜头离开测试白卡约 1m
- 开启 2s 自拍定时器及反光板预升功能（如果有）
- 架设影室灯，运用手持外置式测光表让白卡得到平均统一的照度
- 使用 A 光圈优先模式分别以不同的光圈值拍摄白卡的规定范围
- 关闭自动感光度功能，手动设定最低感光度
- 关闭自动四角失光抑制或补偿功能（如果有）
- 关闭自动对焦功能，把焦点手动设定至无限远
- 选用 JPEG 格式储存，相机以最高分辨率的最高质量格式记录预设的影像效果
- 使用手动自定义白平衡模式，以白卡作标准
- 中央重点测光模式
- 开启自动曝光补偿功能，设定为 +1EV
- 把影像汇入 Imatest 软件，分别向中央和边缘位置进行"Light Falloff"项目运算，然后计算四角的平均失光量指数和最高失光指数，单位为 EV（或级，即挡）

▲ 测试现场实况例子

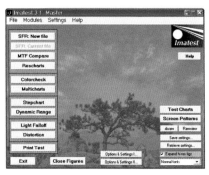

▲ 测试使用软件 Imatest v3.1 Master 作数据分析，测试项目为 "Light Falloff"

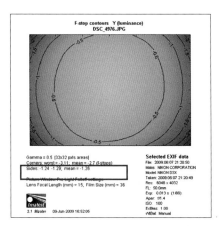

▲ 经 Imatest 分析后，所得的失光程度，除了平均失光量数值外，还有最高程度显示，失光单位以光圈级数代表

四角失光变化因素

高 ←	失光指数	→ 低
大 ←	光圈值	→ 小
小 ←	镜头成像圈与元件面积相差	→ 大
低 ←	机身角位失光抑制功能启动程度	→ 高
高 ←	照片效果系统的对比度参数设定	→ 低

畸变控制测试

测试说明

测试要求

- 测试结果影像中显示的线条变形程度越低越好

测试工具

- 指定机身和镜头
- 《DiGi》特制畸变控制测试图
- 三脚架

测试工具

- 使用三脚架，开启 2s 自拍定时器及反光镜预先锁定功能（如果有）
- 架设平均柔和的影室灯
- 使用 A 光圈优先模式锁定 f/11 光圈
- 关闭自动感光度功能，手动设定最低感光度
- 选用 JPEG 格式储存，每张 JPEG 以机身最高分辨率的最高画质格式记录
- 预设的影像效果
- 使用自动白平衡 AWB 模式
- 平均测光模式
- 开启自动曝光补偿功能，设定为 +1EV

▲ 测试现场实况

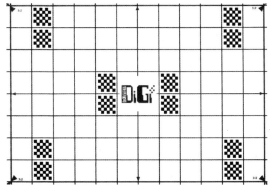

▲ 测试用《DiGi》特制畸变控制测试图，使用不同的焦距拍摄符合元件尺寸的范围

相机、镜头购买须知！
全面了解你的镜头

镜头规格大剖析

在把镜头分类前，第一步要认识镜头基本规格知识，这也有助于和店员或影友沟通时达成共识。由于不同品牌会有各自的专用名词，可能会出现一点混淆，但基本表达同一样的东西，只要用多一点思考，就能明白。我们就简单地解释一下镜头的各种基本规格。

▲ Canon EF-S 17-55mm f/2.8 IS USM 镜头规格表

▲ Tamron SP AF 11-18mm f/4.5-5.6 Di-IILD, Aspherical[IF] 镜头规格表

焦距

这是指由镜头组中央（也可能是光圈位置）至元件平面之间的距离，单位多采用毫米（mm）表示，不同焦距会形成不同的视角范围，形成不同的拍摄效果。

相对焦距

由于不同档次的数码单反相机会使用不同尺寸的元件，画幅的不同会改变镜头的视觉效果。为方便用户能由焦距立即联想到拍摄效果，我们不会直接使用镜头上的焦距数值为镜头评述效果或定位分类，改以经裁放比率的计算的"相对焦距"来说明，更易明白，而且能覆盖各个系统中。

镜片结构

即是镜头内的镜片组织结构。镜头一般会使用多块透镜，当中还会加入一些特殊透镜，例如非球面镜片、萤石镜片、ED镜片、UD镜片、SLD镜片等，都是用来提升质量，解决各种镜头面对的问题。用户们大多以特殊镜片的多少，来衡量一支镜头的价钱和级别高低。

对角线画面角度

就是画面的可视角度，一般都是焦距越短，视角越大；焦距越长，视角越小。不同尺寸的元件，会改变镜头的视角效果，只要经过相对焦距的计算，画面角度就能统一标准。

光圈值

评述光圈值，多以最大光圈值、光圈叶片的片数和光圈叶片的形状来说明效果。一般讨论最多的是光圈值，因为它是三种控制曝光的因素之一，其余的还有快门和感光度。简单来说，若最大光圈超过f/2的，便专称此镜为超大光圈镜头；若是f/2.8的，便是大光圈镜头；若是f/4的，是一般光圈镜头；若是f/5.6或更小的，会被称为小光圈镜头。最大光圈值越大的镜头，在对焦时会有较多光线进入取景器和AF系统，令对焦更准、更快。光圈的使用再配合焦距和摄距，就能控制景深，所以若想得到大景深的照片，也需要清楚镜头的最小光圈并运用自如。

光圈叶片

相比光圈值，光圈叶片的片数和形状，较少被讨论，因为它对成像效果影响较小。若想做到圆形的光圈叶片形状，片数多为超过8片。光圈叶片形状，不能在最大光圈时观察，在收小后才能分辨是圆形，还是多边形。形状的不同主要影响浅景深时的焦外成像效果，当中以圆形的效果较吸引人。

最近拍摄距离

顾名思义，是指相机使用此镜时的最近拍摄距离，这也会影响影像放大倍率和景深效果。

放大倍率

指拍出来的影像在元件上的尺寸大小与被摄体大小的比例，通常以放大倍率，例如 0.25× 表示。理论上，长焦距的定焦镜头会有更大的放大倍率，但随着镜头组的设计越来越先进，现在的广角变焦镜头也有很大的放大倍率。一些特别功能镜头，如微距镜头，就能拥有 1× 或 1:1 的放大倍率，那是非常厉害的规格。

滤镜尺寸

为了优化一些拍摄环境，或刻意营造一些效果，用户经常会在镜头前端加装各种滤镜，比较常见的如 UV、C-PL、ND 或星光镜等。为了选购能完全覆盖镜面和拍摄范围，滤镜会以镜前端的尺寸，并以毫米（mm）作单位让用户选购，但有些镜头需要在后端安装滤镜，有的完全不能使用滤镜。

对应卡口

不同品牌的机身就拥有不同的卡口设计，例如 Canon EF 卡口、Nikon F 卡口等，不能统一的原因是电子接点和镜头的设计与操作都各有不同，不能互用。另外，在不同尺寸的感光元件相继出现后，也出现了能支持不同画幅的镜头。为了分辨能用在不同机身的镜头，所以制定了不同的对应卡口型号，例如 Canon 全画幅镜头为 EF 卡口，只支持 APS-C 的镜头为 EF-S 卡口。想购买副厂镜头的用户，购买时必须清楚说出卡口型号，避免买错镜头，得不偿失。

主题系列
大光圈标准镜头

"标准镜头"的定义

46°画面角度与50mm焦距

　　早期摄影只为将人眼所看到的影像，定格并存放下来，很少加入其他效果。当出现广角镜头及长焦镜头类别后，便需订立"标准"的定义，就如数学中出现负数前必须有0。既以人眼为起点，便以人眼为"标准"。单一眼睛的水平视角约为45°，在135画幅胶片上拥有相差无几画面角度的镜头，其焦距介乎40mm～55mm之间。135相机始祖Leica，也在很早的时期把旗下的50mm镜头确定为135格式的标准镜头，自始也成为各人的"标准"定义。

▲ Leica制造的Ur-Leica被誉为世界第一部135胶片轻便相机，使用的是一支42mm镜头

APS画幅与35mm焦距

　　相同焦距的镜头在不同大小的感光平面上也会有不同的视角，例如把50mm镜头由全画幅机身拆下，装在使用APS尺寸感光元件的机身之上，不只画面被大幅裁切，画面角度也是由原本的40°变为27°，令APS机身上的50mm镜头变得近似全画幅机身上的75mm镜头。虽然镜头视角会根据元件的大小而变化，但我们仍以45°视角来定义标准镜头，所以在APS机身上使用的标准镜头，也不再是50mm，而是变成了介乎28mm～35mm。

▲ 135全画幅机身的标准镜头例子：Nikon AF-S Nikkor 50mm f/1.8G

▲ APS画幅机身专用标准镜头例子：Nikon AF-S DX Nikkor 35mm f/1.8G

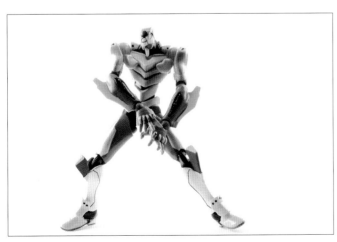

▲ 架设全画幅机身能刚刚拍下整个模型

▲ 在相同的镜头焦距和拍摄距离下，若换上APS机身，模型的大小和构图明显都被改变了，影像效果也被裁切放大了

镜头分类

　　不论是 DC 便携相机或数码单反相机，镜头分类相似，都是由焦距、最大光圈和拍摄特性来分类。但凡事无绝对，用技术与智慧其实可以解决很多问题，但知道的更多，想到的可能性会更多。

焦距与视角

　　镜头焦距的分类标准，在 19 世纪早期，由 Leica 的制造者订立，早期因镜头种类不多，粗略以 35mm 为广角镜头、50mm 为标准镜头、135mm 为长焦镜头。随着科技不断进步，焦距有了更细微的发展，而且出现了连续变焦镜头。现代的镜头分类，可以以右图为基础分类。

▲ 15mm 超广角定焦镜头

▲ 24mm 广角定焦镜头

▲ 50mm 标准定焦镜头

▲ 85mm 中长焦定焦镜头

▲ 200mm 长焦定焦镜头

▲ 600mm 超长焦定焦镜头

14 mm

35 mm

50 mm

135 mm

300 mm

▲ 广角变焦镜头

▲ 中焦变焦镜头

▲ 长焦变焦镜头

特殊镜头

　　除了焦距，有些镜头会拥有一些普通镜头所没有的特别能力，协助拍摄者做到某一种效果。这些镜头，我们统称为特殊镜头。

微距镜头

　　大部分 135 系统的定焦镜头的最近对焦位置，可以想象为 100mm 镜头约为 1m，50mm 镜头约为 0.5m，依次类推。但微距镜头的镜头组设计比较特别，不但突破一般的最近对焦距离限制，而且影像不会随距离近了而变差，但无可避免地要面对近距离拍摄时的失光问题。

▲ 能最近对焦于 0.31m 的 100mm 焦距微距镜头

移轴镜头

　　一般的镜头，镜头组的"轴心"垂直于元件平面的中心，但若刻意令镜头的轴心倾斜或移位，可以做到改变景深和透视效果，在专业和商业摄影中最常用到。

▲ 24mm 焦距的移轴镜头

镜头测试报告
Lens Reviews Database

镜头评测Database

目录

超广角新星
Canon
EF 16-35mm f/2.8L Ⅱ USM

对焦更快更爽

　　EF 16-35mm f/2.8L Ⅱ USM（后称 16-35L Ⅱ）最大的改变应是滤镜直径尺寸增大成 82mm，镜头长度及重量也比上一代版本增加了 8.6mm 及 35g，再仔细看，更会发现后组卡口上的明胶片滤镜支架已经没有了。新款镜头的手感十分扎实，新加的防尘、防水滴设计更与 EOS-1Ds Mark Ⅲ 机皇如出一辙，能胜任恶劣的拍摄环境。镜内使用的环型超声波马达（Ring-type USM），高速驱动第 5 片～第 7 片镜片，镜身上的 AF/MF 切换按钮也改成扁平款式，减少误操作发生。引入的新款高速中央处理器及全新的对焦演算方法，令对焦速度比旧版本有所改进。

全新光学设计

　　作为第 4 代版本，16-35L Ⅱ 的光学设计得以重新设计，采用 12 组 16 片形式，包含 3 片非球面镜片及 2 片 UD 超低色散镜片。针对数码摄影的抗眩光需求，新的镜片镀膜有效减少鬼影及眩光。加上内置第 2 光圈叶片（Secondary Diaphragm）及于第 14 片镜片的垂直面上加入已填充了挡光沟槽（Light Blocking Groove），进一步减少眩光。从厂方发布的 MTF 图发现，16-35L Ⅱ 的广角部分有更佳的成像表现，若用于如 EOS 50D 等 APS-C 机上，优秀的中央位置差不多覆盖了全部感光元件，比上一代版本产品更优秀。

▲（左）EF 16-35mm f/2.8L Ⅱ USM 和（右）EF 16-35mm f/2.8L USM 比较，明显大了很多

▲ 新款镜头改用更大尺寸的 82mm 滤镜直径，较上一代的 77mm 更难购买滤镜、价钱更高

▲ 滤镜加大了，连遮光罩也一起换了，改用新款附有植绒的 EW-88 遮光罩（左）

▲ 新款镜头（左）采用新的镜片镀膜，镀膜颜色跟上一代的 16-35L 及 17-40L 都有显著分别

▲ 16-35L Ⅱ（左）的卡口上不设后置明胶滤镜支架，这可以说是它跟 16-35L（右）的另一个大的区别

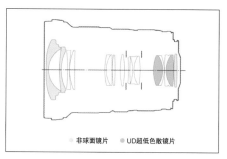

▲ 16-35L Ⅱ 的光学结构图，采用 3 片非球面镜片及 2 片 UD 超低色散镜片

Canon EF 16-35mm f/2.8L Ⅱ USM 性能测试

测试器材
Canon EOS 5D+Canon EF 16-35mm f/2.8L Ⅱ USM

测试说明
参见专业镜头测试方法的详细说明

分辨率测试
　　总体来说，二代的分辨率较上代提高较大。测试结果显示，此镜头的中央成像非常出色，SFR 分辨率达 2400LW/PH 的水平。在 35mm 一端虽较为逊色，但只要把光圈缩小两级进行拍摄，便有明显的改善。

Imatest 分析结果

	f/2.8	f/4	f/5.6	f/8	f/11	f/16	f/22
16mm							
中央	2198LW/PH	2249LW/PH	2424LW/PH	2472LW/PH	2310LW/PH	2170LW/PH	1970LW/PH
边翻	1940LW/PH	2100LW/PH	2199LW/PH	2236LW/PH	2152LW/PH	2035LW/PH	1892LW/PH
24mm							
中央	2773LW/PH	2326LW/PH	2334LW/PH	2341LW/PH	2243LW/PH	2151LW/PH	1956LW/PH
边缘	2033LW/PH	2172LW/PH	2305LW/PH	2271LW/PH	2148LW/PH	2095LW/PH	1914LW/PH
35mm							
中央	2096LW/PH	2146LW/PH	2280LW/PH	2235LW/PH	2165LW/PH	2068LW/PH	1939LW/PH
边缘	1269LW/PH	1481LW/PH	1615LW/PH	1854LW/PH	1945LW/PH	2047LW/PH	1940LW/PH

四角失光测试
　　在全画幅数码单反相反上测试，广角端的失光问题比较严重，角位平均失光量达 6.05EV。变焦至长焦端，情况变得轻微，只有 2.69EV 的平均失光量。光圈收缩至 f/5.6 后，失光情况已改善至 1EV 或以下。

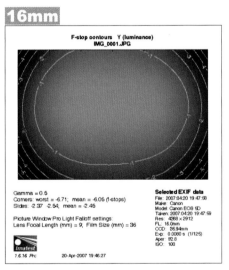

▲ Imatest 分析结果：6.05EV 平均失光量及 6.71EV 最大失光量

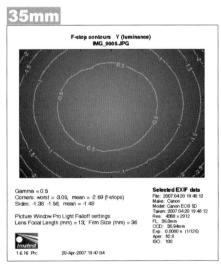

▲ Imatest 分析结果：2.69EV 平均失光量及 3.05EV 最大失光量

畸变控制测试
　　此镜头在广角端出现明显的桶形畸变，但情况和程度与一般超广角镜头效果相差无几，不算特别严重。桶形畸变效果一直保持至焦距 24mm 处。到了长焦端后，反而出现轻微的枕形畸变。

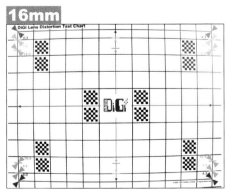

▲ 畸变问题：明显的桶形畸变

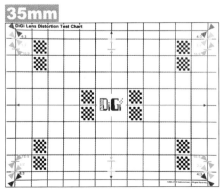

▲ 畸变问题：轻微的枕形畸变

Canon EF 16-35mm f/2.8L Ⅱ USM 拍摄示范

▲摄影：Stephen，拍摄数据：Canon EOS 5D,EF 16-35mm f/2.8L Ⅱ USM,f/2.8,1/8s,ISO 100，自动白平衡，16mm焦距

Canon EF 16-35mm f/2.8L Ⅱ USM

卡口制式：Canon EF 卡口
支持画幅：135 全画幅
APS 格式上的相对焦距：25.6mm ～ 56mm
镜片结构：12 组 16 片
对角线画面角度：108° 10′ ～ 63°
最大光圈：f/2.8
最小光圈值：f/22
光圈叶片数目：7 片（圆形）
最近对焦距离：0.28m
放大倍率：0.22×
对焦系统类型：环型超声波马达
镜头防抖指数：不设
滤光镜类型：花瓣形（随镜头附送）
滤镜尺寸：82mm
直径：88.5mm
长度：111.6mm
重量：635g

编辑视点

面对此镜头难免会赞叹它的直径 82mm
滤镜和 f/2.8 大光圈，并想一试新超广角镜王
的实力。翻看测试照片时，被其全开光圈时的
成像画质所震惊，几乎看不到成像有松散的情
况。不过一想到要添置"一整套"更昂贵的
82mm 超大尺寸滤镜时，你就会重新考虑是否
要购买这款镜头。

原厂旅行镜头新贵
Canon
EF-S 18-200mm f/3.5-5.6 IS

精彩看点

- ◆ APS-C 机身专用
- ◆ APS 格式上效果：广角至超长焦
- ◆ IS 光学防抖系统
- ◆ 6 片圆形光圈叶片
- ◆ IF 内对焦设计
- ◆ 常用拍摄题材：纪实、人像、风景、生活、旅游

改进的光学设计

它的最大特色应是强大的防抖和变焦能力。11 倍变焦效果，在 APS-C 相机上有着 28.8-320mm 效果。比起广角端，运用其 320mm 超长焦能力时，更加需要内置的 IS 光学影像稳定器，提供高达 4 挡的快门补偿。因为 IS 系统较高级，更能提供 Mode 1（全方位修正）及 Mode 2（左、右或上、下修正）选择，还有三脚架使用检测功能，名副其实是一支万用镜头。虽然已有其他副厂推出相似型号，但以独有的 12 组 16 片光学结构，再额外加入两片 Canon 著名 UD 超低色散镜片及两片高精度非球面镜片，以减少色差及球面像差，实测后发现此镜头成像颜色较佳，只是畸变控制能力不及 L 镜。

轻巧、高机动性

当用户将对焦环扭至长焦端时，镜筒随焦距一同倍增。为了防止因地心吸力影响在待机时自动延伸，特别设置了广角端的锁定钮。虽然没有用上 L 镜头的镜身涂装，但手感仍然扎实，配合中档数码单反相机（如 Canon EOS 50D），平衡感不错；但若是装在入门机型（如 EOS 500D）就会有头重脚轻的感觉。不可不提的是，它是 EOS 50D 和 EOS 500D 的其中一款套装镜头，买套装相当于镜头变相有折扣。唯一可惜的就是，它并非采用 USM 马达，对焦时声音会大一些，速度也慢一点。

▲ 当变焦至 200mm 时，镜筒差不多延伸了一倍

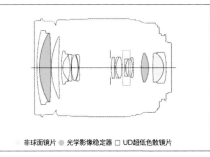

非球面镜片　● 光学影像稳定器　□ UD超低色散镜片

▲ 12 组 16 片的镜片设计，包含 2 片 UD 镜片及 2 片非球面镜片，还有一组 IS 悬浮镜片，做工绝不含糊

▲ 在金属卡口上方设有自动对焦及防抖的开关

▲ 此镜头使用最常用的 72mm 滤镜

▲ 直镜身的另一端设有锁定钮，防止镜筒滑出

▲ 它的最近拍摄距离为 45cm

Canon EF-S 18-200mm f/3.5-5.6 IS 性能测试

测试器材

Canon EOS 50D+ Canon EF-S 18-200mm f/3.5-5.6 IS

测试说明

参见专业镜头测试方法的详细说明

分辨率测试

根据测试结果,此镜头的分辨率表现整体属于一般,与 L 镜头系列还是有点距离。在 18mm 广角端时所得分数较为理想,不过中央跟边缘得分仍相差较远。

Imatest 分析结果

	最大光圈	f/5.6	f/8	f/11	f/16	f/22
18mm						
中央	2144LW/PH	2236LW/PH	2324LW/PH	2P86LW/PH	1988LW/PH	1776LW/PH
边缘	1381LW/PH	1432LW/PH	1878LW/PH	18 99LW/PH	1543LW/PH	1170LW/PH
50mm						
中央	2209LW/PH	2197LW/PH	2349LW/PH	2308LW/PH	2035LW/PH	1783LW/PH
边缘	2119LW/PH	2106LW/PH	2133LW/PH	2247LW/PH	2079LW/PH	1153LW/PH
135mm						
中央	1881LW/PH（f/5.6）		2276LW/PH	2236LW/PH	2017LW/PH	960LW/PH
边缘	917LW/PH（f/5.6）		1982LW/PH	2087LW/PH	1891LW/PH	902LW/PH
200mm						
中央	2141LW/PH（f/5.6）		2154LW/PH	2184LW/PH	2008LW/PH	940LW/PH
边缘	1571LW/PH（f/5.6）		2242LW/PH	2152LW/PH	1986LW/PH	912LW/PH

四角失光测试

此镜头对失光抑制表现一般,失光最为严重是在广角端的全开光圈下。在 200mm 时失光现象最轻微,只要把光圈收至 f/11 就能消除暗角。

▲ Imatest 分析结果：2.33EV 平均失光量及 2.5EV 最大失光量

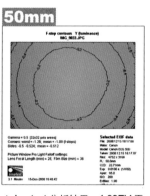

▲ Imatest 分析结果：1.09EV 平均失光量及 1.29EV 最大失光量

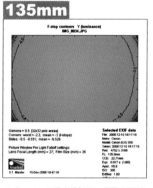

▲ Imatest 分析结果：2EV 平均失光量及 2 .22EV 最大夫光量

▲ Imatest 分析结果：2.13EV 平均失光量及 2.33EV 最大失光量

畸变控制测试

大变焦比变焦镜头是比较难控制畸变的,此镜头涵盖常用的 18mm 广角端时出现明显的桶形畸变；但在 50mm 处却出现极轻微的枕形畸变。

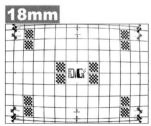

▲ 畸变问题：严重的桶形畸变

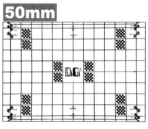

▲ 畸变问题：轻微的枕形畸变

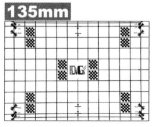

▲ 畸变问题：不明显

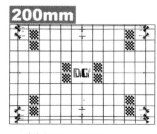

▲ 畸变问题：不明显

Canon EF-S 18-200mm f/3.5-5.6 IS 拍摄示范

▲摄影：Chlo，拍摄数据：Canon EOS 50D, EF-S 18-200mm f/3.5-5.6 IS, 1/100s, ISO 200，自动白平衡，照片风格为标准，170mm焦距（272mm相对焦距），IS 开启防抖（Mode 1）

Canon EF-S 18-200mm f/3.5-5.6 IS

卡口制式：Canon EF-S 卡口
支持画幅：APS 画幅
APS 格式上的相对焦距：28.8mm ～ 320mm
镜片结构：12 组 16 片
对角线画面角度：74° 20′ ～ 7° 50′
最大光圈：f/3.5 ～ f/5.6
最小光圈：f/22 ～ f/36
光圈叶片片数：6 片（圆形）
最近对焦距离：0.45m
放大倍率：0.24×
对焦系统类型：小型镜头身马达
镜头防抖指数：4 挡
滤光率：花瓣形（另购）
滤镜尺寸：72mm
直径：78.6mm
长度：702mm
重量：595g

编辑视点

此镜头的焦段让人自然联想到它是把 EF-S 18-55mm f/3.5-5.6 IS 及 EF-S 55-250mm f/4-5.6 IS 合并在一起。但重量和价格，还是两支分开来比较轻且更便宜。如果你不希望经常换镜头和进灰，这只镜头会是你很好的选择，期待 USM 版本推出。

超广角大光圈 "Mark Ⅱ"
Canon
EF 24mm f/1.4L Ⅱ USM

精彩看点

- ◆ 支持全画幅机身
- ◆ 全画幅格式上的效果：超广角
- ◆ APS 格式上的效果：标准
- ◆ 渐进式折射 SWC 镀膜
- ◆ 环型 USM 超声波马达驱动
- ◆ 可进行实时手动对焦
- ◆ 8 片圆形光圈叶片
- ◆ IF 内对焦设计
- ◆ 常用拍摄题材：纪实、风景、生活、建筑

配备 SWC 镀膜

说到 2008 年 Canon 最突破性的新品，除了 EOS 5D Mark Ⅱ外，就是此镜头的 SWC（Subwavelength Structure Coating，亚波长结构镀膜）涂膜技术。传统的涂膜技术只可以针对某一段光线波长，但当光线的入射角度更大时，不同的反射光线就会越多，造成镜头透光度下降。SWC 技术由很多大小不一的锥形超微细结构所组成，厚度为 200μm ～ 400μm（1μm=0.001mm）。越厚的锥形结构拥有越低的密度，其折射率也越低。透过多组厚度不一的锥形结构涂在光学玻璃上，光线因为锥形结构群所形成的渐进式折射率而能够以最佳的入射角度穿透至镜片内，减少眩光及鬼影形成的几率，间接令更多光线进入相机内。

防 "逆" 高手

新款镜头在镜头组设计上来了个翻天覆地的变化，其 10 组 13 片镜片设计中特殊镜片的数目也由老款的 2 片倍增至 4 片。当中包含两枚大口径非球面镜片及 UD 镜片，而第一次在 EF 镜头中亮相的 SWC 镀膜便植入在头组镜片的内层，把守第一度关口，提升镜头的通光量。因为拥有了 SWC 镀膜的 "神奇特效"，令新款镜头减去了原有在镜头组中，用来阻挡杂光的光斑挡叶（Flare-cut Diaphragm）。但实际测试中发现新款镜头抑制的光斑和鬼影之能力却更胜老款镜头。在新款镜头身外层采用带有颗粒的纹理的雾面处理，较老款镜头更有手感。当然，新款镜头在卡口及 AF／MF 拨杆上也改用了新设计及套上防滴防尘胶边，能从容应付严峻的拍摄环境。

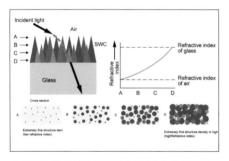

▲ SWC 镀膜技术采用不同厚度的锥形结构，令 "整片" 涂膜都有不同的折射率

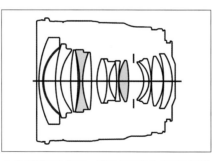

▲ 从光学结构图看，洋红色部分为 SWC 镀膜

▲ 新款（左）、老款（右）镜头在外观上之比较，明显，新款镜头长一点且镜身表面没那么反光

▲ 新款（左）、老款（右）镜头的镀膜反射色彩截然不同

▲ 新款镜头在卡口部分加入防滴、防尘胶边

▲ 把对焦环由最近的 0.25m 扭至无限远处，转动距离为 150°，对于使用广角镜头时仔细的进行手动对焦的用户来说，算是不错的设计

Canon EF 24mm f/1.4L Ⅱ USM 性能测试

测试器材

Canon EOS 5D Mark Ⅱ + Canon EF 24mm f/1.4L Ⅱ USM

测试说明

参见专业镜头测试方法的详细说明

分辨率测试

经过测试，正如各界对新一代广角镜头王的高度评价。完全可见新款镜头的超高分辨率，尤其中央分辨率更有高达3000LW/PH 以上的分数出现，技惊四座，完全能把老款镜头抛在脑后。最低也达 2200LW/PH 以上，全部光圈都属可用乃至极佳的级别，确令人喜出望外。

Imatest 分析结果

	f/1.4	f/2	f/2.8	f/4	f/5.6	f/8	f/11	f/16	f/22
中央	2744LW/PH	3027 LW/PH	3185LW/PH	3146LW/PH	3126LW/PH	2995LW/PH	2784LW/PH	2582LW/PH	2324LW/PH
边缘	2469LW/PH	2391LW/PH	2568LW/PH	2652LW/PH	2725LW/PH	2737LW/PH	2621 LW/PH	2400LW/PH	2254LW/PH

四角失光测试

测试所得此镜头的角位失光最高为 4.33EV，在超大光圈定焦镜头中并不少见。只要收小 1~2 挡光圈，失光问题都会有明显改善。

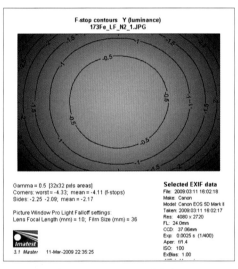

▲ Imatest 分析结果：4.11EV 平均失光量及 4.33EV 最大失光量

畸变控制测试

就光学畸变控制上虽然出现轻微的桶形畸变，但对超广角镜头来说确实可以理解。

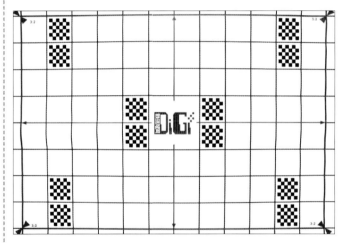

▲ 畸变问题：轻微的桶形畸变

Canon EF 24mm f/1.4L Ⅱ USM

卡口制式：Canon EF 卡口
支持画幅：135 全画幅
APS 格式上的相对焦距：38.4mm
镜片结构：10 组 13 片
对角线画面角度：84°
最大光圈：f/1.4
最小光圈：f/22
光圈叶片片数：8 片（圆形）
最近对焦距离：0.25m
放大倍率：0.17×
对焦系统类型：镜身 USM 超声波马达
镜头防抖指数：不设
遮光罩：花瓣形（随镜头附送）
滤镜尺寸：77mm
直径：83.5 mm
长度：86.9 mm
重量：650g

编辑视点

使用新旧两支镜头进行拍摄测试，相同设定但不同曝光效果，是老款镜头高出了 0.3EV 左右，你会想哪支才是"标杆"呢？当参考过各项测试数据后，清晰度高得吓人，喜爱"毒王"的用户应该有新目标了吧。

Canon EF 24mm f/1.4L Ⅱ USM

▲摄影：Felix，拍摄数据：Canon EOS 5D Mark Ⅱ，EF 24mm f/1.4L Ⅱ USM，f/1.4，1/200s，ISO 100，自动白平衡，24mm 焦距

极大光圈诱惑
Canon
EF 50mm f/1.2 L USM

精彩看点

◆ 支持全画幅机身
◆ 全画幅格式上的效果：标准
◆ APS 格式上的效果：中长焦
◆ USM 超声波马达驱动
◆ 可实时手动对焦
◆ 8 片圆形光圈叶片
◆ IF 内对焦设定
◆ 常用拍摄题材：纪实、人像、风景、生活

当代难得的大光圈

此镜头接替了已停产多时的 EF 50mm f/1.0L USM。在 1989 年推出时，它凭借 f/1.0 的惊人大光圈，令新标准的 EF 卡口就此一举成名，轰动一时。今天，不要小看新款镜头缩水了半级光圈，其新 6 组 8 片结构，比 L 版的 9 组 11 片设计简化了不少。"理论上"镜片越少，结构越简单，光学问题也较少，控制影像画质也较容易。新款镜头后组使用一片超大的非球面镜片，再加上针对数码相机优化的镀膜，可以进一步抑制鬼影及光斑。新镜摆脱老款镜头在延伸性、IF、内对焦方面的设计，在对焦环、卡口边缘都加上了防水滴、防尘胶边，可以在恶劣环境下使用。它改用 8 片圆形光圈叶片，即使使用最佳画质的中等光圈，焦外成像依然迷人。

节电高速

虽然同样使用环形超声波对焦马达（Ring-typeUSM），但 f/1.0L 因镜头沉重，对焦实在不轻松。比较手动对焦环的位移，新款镜头 f/1.2L 只约是旧版的 1/4，其对焦速度提高不少，耗电量也会比新款镜头降低。

▲ f/1.2L 的滤镜尺寸达到 72mm，比 Canon EF 50mm f/1.4 USM 的 58mm 大了许多，镜片镀膜呈紫红色

▲ 顶级镜头自然采用金属卡口，并附有防水滴胶边

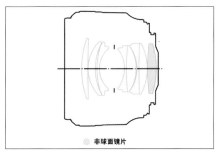

▲ 镜片构造简单，特别留意端部的一片大型非球面镜片

▲ 与 f/1.0L 比较，新款镜头 f/1.2L 的体积没有那么夸张

▲ 与 f/1.0L 相比，新款镜头 f/1.2L 对焦系统有所减化，但对焦距离更近，达到 0.45m

▲ 即使装在 EOS 5D Mark II 上，f/1.2L 都会出现少许前端下坠的现象，可见分量十足

Canon EF 50mm f/1.2 L USM 性能测试

测试器材

Canon EOS 5D Mark II+EF 50mm f/1.2 L USM

测试说明

参见专业镜头测试方法的详细说明

分辨率测试

此镜头的分辨率测试得分颇高，而且成像干净。整体上，除了大光圈外，中央分辨率表现集中在 2500LW/PH ～ 2800LW/PH，边缘位置也有 1600LW/PH 左右。至于最令人关心的 f/1.2 最大光圈的表现，测试证明它能维持相当高的分辨率，只是边缘位置较逊色，但这已经是不错的表现了。如将光圈缩至 f/5.6，则锐度就达到最佳。

Imatest 分析结果

	f/1.2	f/1.4	f/2	f/2.8	f/4	f/5.6	f/8	f/11	f/16
中央	2546LW/PH	2498L W/PH	2606LW/PH	2861LW/PH	2842LW/PH	2805LW/PH	2799LW/PH	2720LW/PH	2546L W/PH
边缘	1125LW/PH	1164LW/PH	1718LW/PH	2265LW/PH	2268LW/PH	2332LW/PH	2478LW/PH	2435LW/PH	2325LW/PH

四角失光测试

搭载在全画幅数码单反相机上时，由于光圈大，此镜头的角位失光平均为 –3.83EV，失光情况严重。当光圈缩小至 f/1.8 后，角位失光平均为 –1.5EV，达到一个比较能让人接受的水平。

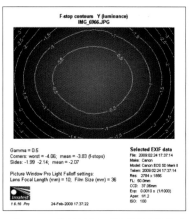

▲ Imatest 分析结果：383EV 平均失光量及 4.06EV 最大失光量

畸变控制测试

作为一支标准镜头，估计有不少摄影师希望使用，比较可惜的是，镜头本身有着可见的桶状畸变，让专业摄影师止步。

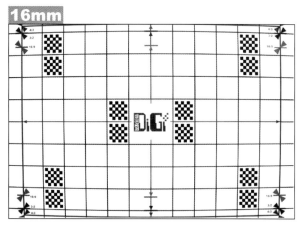

▲ 畸变问题：轻微的桶形畸变

编辑视点

只要你用过这支镜头，就会为它的焦外成像效果着迷，如此高质量的焦外成像效果只会在 f/1.2 的镜头上找到，镜头成像色彩丰富。不过平心而论，其高昂售价不是人人能够承受得起的，加上还有 EF 50mm f/1.4 USM 镜头备选，如果不苛求 f/1.2 大光圈和 L 镜头的"名分"，似乎很难令人下定决心买下此顶级镜头。

Canon EF 50mm f/1.2 L USM

卡口制式：Canon EF 卡口
支持画幅：135 全画幅
APS 格式上的相对焦距：80mm
镜片结构：6 组 8 片
对角线画面角度：46°
最大光圈：f/1.2
最小光圈：f/16
光圈叶片片数：9 片（圆形）
最近对焦距离：0.45m
放大倍率：0.15×
对焦系统类型：USM 环型超声波马达
镜头防抖指数：不设
遮光罩：筒形（随镜头附送）
滤镜尺寸：72mm
直径：85.8 mm
长度：65.5 mm
重量：580g

Canon EF 50mm f/1.2 L USM 拍摄示范

▲摄影：Gray, 拍摄数据：Canon 5D,Canon EF 50mm f/1.2 L USM,f/2.5,1/500s,ISO100, 自动白平衡 ,50mm 焦距

两款入门级大光圈标准镜头
Canon

EF 50mm f/1.4 USM

EF 50mm f/1.8 II

精彩看点

- ◆ 支持全画幅机身
- ◆ 全画幅格式上的效果：标准
- ◆ APS 格式上的效果：中长焦

- ◆ USM 超声波马达驱动（EF 50mm f/1.4 USM）
- ◆ 可实时手动对焦（EF 50mm f/1.4 USM）
- ◆ 常用拍摄题材：纪实、人像、风景、生活

高斯光学结构

其实早在几百年前，科学家就发现利用对称方法排列的高斯型（Gaussian Type）镜头可以得到良好的光学画质，同时消除大多数像差问题。一直以来，相机或镜头公司也不断改良前人的开发及研究成果，试图利用 6～8 片光学镜片构成一支标准镜头，最后得出 "++-：-++"（"-"为凹透镜片；"+"为凸透镜；"："为光圈叶片位置）这一最佳方式。这两支 Canon 50mm 标准镜头的光学结构图十分相似，镜头设计师缩小了镜片距离并使用镜片黏合技术，来进一步减少斜射光线进入镜头所形成的像差。而 Canon 不同档次的标准镜头，也相应加入高折射率或非球面镜片来控制色差并提升画质。

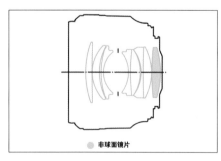

非球面镜片

▲ EF 50mm f/1.2 USM 镜片构造图

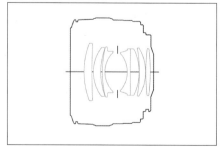

▲ Canon EF 50mm f/1.4 USM 镜片构造图

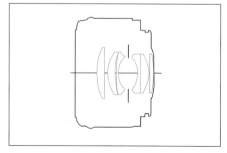

▲ EF 50mm f/1.8 II 镜片构造图

操控性与画质兼备

　　Canon EF 50mm f/1.4 USM 是 EOS 系统诞生后 6 年于 1993 年推出。它使用两片大型高折射率玻璃镜片，加上采用双高斯结构设计，进一步减少色散及像差的形成。操控方面，使用微型超声波马达（Macro USM），对焦快速而安静，加上此镜头支持实时手动对焦功能，用户可以在半按快门时随意调整对焦环来改变焦点，仅售几百元的 EF 50mm f/1.8 II 就无法享受这些便利功能了。尽管 Canon EF 50mm f/1.4 USM 支持 USM 技术，不过它跟 f/1.8 版本一样，仍不能回传对焦距离数据，想全面享用 E-TTL 闪光灯测光技术？那只有选用 EF 50mm f/1.2 USM。

▲ Canon EF 50mm f/1.4 USM 具有 EF 50mm f/1.8 II 所没有的对焦尺，拍摄时对焦尺作用很大

▲ 这支镜头采用实时手动对焦设计及超大光圈，通光率非常高，它也是你玩手动对焦的最佳选择

▲ 由无限远调整对焦环至最近对焦约 190°，距离分布细致

最佳入门级标准镜头

　　说到 Canon 最平价的定焦镜头，相信非 EF 50mm f/1.8 II 莫属。与 1987 年发布的第一代相比，新版有些"偷工减料"。因为金属卡口、对焦距离窗、橡胶的手动对焦环及雾面颗粒这些都被取消了。II 代的镜身设计极具塑料感。不过，在光学结构上，两代 f/1.8 标准镜头如出一辙，均为 5 组 6 片的双高斯结构设计，同时由于改版后的成本大幅减少，开始发售时的建议零售价也差不多下降一半，而重量锐减 30%，只有 130g，十分轻便。只是内置的 DC 马达对焦时声音比较大，加上那"可有可无"的手动对焦环令部分用户为之却步。

▲ 使用 52mm 滤镜，比较多手动 FD 镜头采用，电子的 EF 镜头很少采用

▲ 镜头上没有对焦尺显示窗，也没有任何对焦距离标记。手动对焦只能用眼"对"或用心"估"算

▲ 正所谓"一分钱一分货"，镜头没有附上金属卡口，耐用性不免会降低

Canon EF 50mm f/ 1.4 USM	Canon EF 50mm 1.8 II
卡口制式：Canon EF 卡口	卡口制式：Canon EF 卡口
支持画幅：135 全画幅	支持画幅：135 全画幅
APS 格式上的相对焦距：80mm	APS 格式上的相对焦距：80mm
镜片结构：6 组 7 片	镜片结构：5 组 6 片
对角综画面角度：46°	对角线画面角度：46°
最大光圈：f/1.4	最大光圈：f/1.8
最小光圈：f/22	最小光圈：f/22
光圈叶片片数：8 片	光圈叶片片数：5 片
最近对焦距离：0.45m	最近对焦距离：0.45m
放大倍率：0.15×	放大倍率：0.75×
对焦系统类型：USM 微型超声波马达	对焦系统类型：微型 DC 马达
镜头防抖指数：不设	镜头防抖指数：不设
遮光罩：筒形（另购）	遮光罩：筒形（另购）
滤镜尺寸：58mm	滤镜尺寸：52 mm
直径：73.8mm	直径：68.2 mm
长度：50.5mm	长度：41 mm
重量：290g	重量：130g

Canon EF 50mm f/1.4 USM、EF 50mm f/1.8 II 性能测试

测试器材	测试说明
Canon 5D+Canon EF 50mm f/1.4 USM、EF 50mm f/1.8 II	参见专业镜头测试方法的详细说明

分辨率测试

根据测试结果，Canon EF 50mm f/1.4 USM 比 EF 50mm f/1.8 II 得分高。在大光圈下，f/1.4 USM 的镜头中央位置的成像比边缘位置有明显的差距。f/1.8 II 属中规中矩，如在全画幅相机上使用，建议缩小光圈至 f/4，这样会有较佳的表现。

Imatest 分析结果

EF 50mm f/1.4 USM

	f/1.4	f/2.8	f/4	f/5.6	f/8	f/11
中央	1913LW/PH	2184LW/PH	2179LW/PH	2192LW/PH	2256LW/PH	2221LW/PH
边缘	1576LW/PH	1628LW/PH	1853LW/PH	1859LW/PH	1 939LW/PH	1887LW/PH

EF 50mm f/1.8 II

	f/1.8	f12.8	f/4	f/5.6	f/8	f/11
中央	1261LW/PH	1596LW/PH	1795LW/PH	1972LW/PH	1893LW/PH	1846LW/PH
边缘	441 LW/PH	1074 LW/PH	1503LW/PH	1729LW/PH	1815LW/PH	1769LW/PH

四角失光测试

f/1.4 USM 的最高失光为 3.67EV；f/1.8 II 版则只有 3.48EV。但基于小了近半级光圈的关系，其实两支镜头的最大光圈失光情况都算接近。想不到价格相当于打 3 折的 f/1.8 II 版会如此接近 f/1.4 USM。

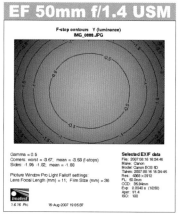

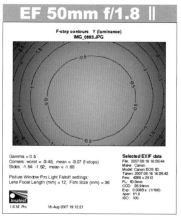

▲ Imatest 分析结果：3.53EV 平均失光量及 3.67EV 最大失光量

▲ Imatest 分析结果：3.07EV 平均失光量及 3.48EV 最大失光量

畸变控制测试

在全画幅机身之上，两支镜头都有明显的桶形畸变，但幅度不算严重，两支镜头的畸变程度十分接近。

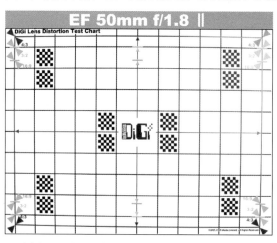

▲ 畸变问题：轻微的桶形畸变

▲ 畸变问题：轻微的桶形畸变

　　若不是亲手做过测试，亲眼看过实拍照片，你不会相信价钱相差近三倍多的这两支镜头，画质上会如此接近。当然，虽然不少人还期待 f/1.4 USM 会推出使用环型超声波马达的二代产品，但无论怎么说都比现在的 EF 50mm f/1.8 II 的对焦声音好很多。但 EF 50mm1.8 II 实在是超值之选！难怪被不少网友捧为"穷人三宝"之一。

Canon EF 50mm 1.8 Ⅱ 拍摄示范

▼摄影：Steohen，拍摄数据：Canon 5D+ EF 50mm f/1.8 II，f/2.8，1/100s，ISO640，自动白平衡，50mm 焦距

Canon EF 50mm f/1.4 USM 拍摄示范

▲摄影：Steohen，拍摄数据：Canon 5D+Canon EF 50mm f/1.4 USM，f/2.2/1/180s，ISO640，自动白平衡，50mm 焦距

完美 "毒王"
Canon
EF 200mm f/2L IS USM

精彩看点

◆ 支持全画幅机身
◆ 全画幅格式上的效果：长焦
◆ APS 格式上的效果：超长焦
◆ 大型环型 USM 超声波马达驱动
◆ 可实时手动对焦
◆ 8 片圆形光圈叶片
◆ 设有 IS 防抖系统
◆ 可补偿 5 级快门速度
◆ 设有 Mode 1 和 Mode 2 防抖模式
◆ IF 内对焦设计
◆ 常用拍摄题材：人像、新闻、体育、赛车、舞台表演

超大光圈和超强防抖

　　新款镜头 200mm f/2L IS 保持超大光圈设定，虽然不及 f/1.8 光圈，但凭 f/2 的入光量，仍能广泛应用于人像、室内体育、舞台等摄影领域，提供高速的快门速度。加上此镜头拥有 IS 光学影像稳定器，是 Canon 首支具有 5 挡快门补偿能力的新型 IS 防抖技术的镜头。实际使用时，USM 对焦和 IS 防抖系统同样宁静顺畅，是同类型系统中的极品。除了最大光圈，收小光圈后，其新增的电子圆形光圈使它拥有比老款镜头更圆满的光斑，其柔和焦外成像 "毒性" 与前代相比毫不逊色。

新添萤石镜片

　　新 "大白 IS 镜王" 在光学上采用全新 12 组 17 片镜片设计，比前辈 10 组 12 片多出 5 片镜片，体现于其 IS 浮动镜头组之上。为此，Canon 特意于其 128mm 直径前组镜后方，打造了一片超大型萤石镜片，配合两片 UD 超低色散镜片，大幅度减低长焦镜头必然遇到的色散现像，并提高了新款镜头的分辨率、对比度效果，"L" 味十足。此外，它也针对数码单反的元件的高内反射问题，进行了优化调整，镜头镀膜较之老款镜头有效抑制了鬼影及眩光的产生。

▲ 首片镜面呈现琥珀绿色的镀膜，使得镜头增透了光谱两端的红蓝光色域

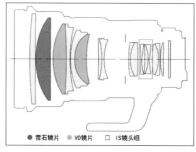

▲ 镜身结构，前组一片大尺寸萤石镜片

▲ 200 f/2 IS 整体按钮布局改变，对焦环加宽，并把对焦预设环（FOCUS Preset Ring）置于前方，脚架环置于后方

▲ 后置滤镜采取双按钮锁设计，镜后圆角形的孔径是数码优化的一大特征

▲ 新款镜头新增的 IS 防抖系统，不只拥有现时最高效能的 5 挡快门补偿能力，还设有 Mode 1（全方位补偿）和 Mode 2（上下或左右单方向补偿）的设定开关，对经常要拍摄高速运动题材时尤其方便

▲ 镜头前端设有 AF 控制按钮，方便如拍摄足球比赛时，快速锁定目标

Canon EF 200mm f/2L IS USM 性能测试

测试器材

Canon EOS-1 D Mark Ⅲ +EF 200mm f/2 IS USM

测试说明

参见专业镜头测试方法的详细说明

分辨率测试

　　比起 20 年前出品的老款顶级镜头，新款镜头凭前组第二片巨大萤石镜片发挥了惊人效果。根据测试结果所得，f/14 以上的光圈全部高达 2000LW/PH 或以上，表示其画质、分辨率达纤毫毕现的地步，而 f/5.6 时分辨率不单达到顶峰，其画面平衡感也趋向一致，完全无懈可击。

Imatest 分析结果

	f/2	f/2.8	f/4	f/5.6	f/8	f/11	f/16
中央	2.138LW/PH	2.300LW/PH	2.290LW/PH	2.345LW/PH	2.377LW/PH	2.176LW/PH	1.950LW/PH
边缘	1.965LW/PH	2.174LW/PH	2.260LW/PH	2.343LW/PH	2.285LW/PH	2.123LW/PH	1.942LW/PH

四角失光测试

　　此镜头可能是四角失光轻微的代表，最高失光只有 0.668EV，只要稍收一级光圈至 f/2.8 即可令暗角消失，可说是又一近乎完美之作。

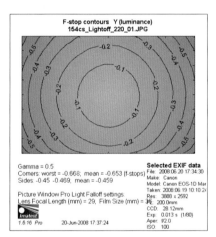

▲ Imatest 分析结果：0.653EV 平均失光量及最 0.668EV 最大失光量

畸变控制测试

　　长焦镜头普遍存在的枕形畸变问题，在新款镜头上微乎其微，可能只有低于 0.7%，肉眼察觉几乎察觉不到。

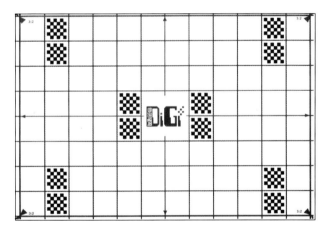

▲ 畸变问题：不明显

编辑视点

　　亲爱的读者，如果你没有百万家财，又偶然先看到结尾，没看到此镜的测试和拍摄效果，希望你够快转看其他器材。因为笔者只能用一个词来形容此镜："很毒。"它有优秀的操作和近乎完美的影像，对数码单反的特别优化，5 级 IS 和防水滴防尘设计，只要你能战胜它的重量和价钱，不用考虑，买下它吧！

Canon EF 200mm f/2L IS USM

卡口制式：Canon EF 卡口
支持画幅：135 全画幅
APS 格式上的相对焦距：320mm
镜片结构：10 组 12 片
对角线画面角度：12°
最大光圈：f/2
最小光圈：f/32
光圈叶片片数：8 片（圆形）
最近对焦距离：1.9m
放大倍率：0.172×
对焦系统类型：镜身 USM 超声波马达
镜头防抖指数：5 挡
遮光罩：筒形（随镜头附送）
滤镜尺寸：52mm（插入式）
直径：128mm
长度：208mm
重量：2.5kg

Canon EF 200mm f/2L IS USM 拍摄示范

▲摄影：Alec，拍摄数据：Canon EOS-1D Mark III，EF 200mm f/2L IS USM，f/2，1/100 s，ISO 400，自动白平衡，200mm 焦距（260mm 相对焦距）

Canon镜头规格表

型号	支持画幅	最小光圈（f/）	最近对焦距离（m）	AF 系统	防抖系统	滤镜尺寸（mm）	直径（mm）	长度（mm）	重量（g）
定焦镜系列									
EF 14mm f/2.8L II USM	135 全画幅	22	0.2	镜身超声波马达	无	N/A	80	94	645
EF 15mm f/2.8 Fisheye	135 全画幅	22	0.2	镜身小型马达	无	N/A	73	92	330
EF 24mm f/1.4L II USM	135 全画幅	22	0.25	镜身超声波马达	无	77	83.5	86.9	650
EF 24mm f/2.8	135 全画幅	22	0.25	镜身小型马达	无	58	67.5	48.5	270
EF 28mm f/1.8 USM	135 全画幅	22	0.25	镜身超声波马达	无	58	73.6	55.6	310
EF 28mm f/2.8	135 全画幅	22	0.3	镜身小型马达	无	52	67.4	42.5	185
EF 35mm f/1.4L USM	135 全画幅	22	0.3	镜身超声波马达	无	72	79	86	580
EF 35mm f/2	135 全画幅	22	0.25	镜身小型马达	无	52	67.4	42.5	210
EF 50mm f/1.2L USM	135 全画幅	16	0.45	镜身超声波马达	无	72	85.8	65.5	590
EF 50mm f/1.4 USM	135 全画幅	22	0.45	镜身超声波马达	无	58	73.8	50.5	290
EF 50mm f/1.8 II	135 全画幅	22	0.45	镜身小型马达	无	52	68.2	41	130
EF 85mm f/1.2L II USM	135 全画幅	16	0.95	镜身超声波马达	无	72	91.5	84	1025
EF 85mm f/1.8 USM	135 全画幅	22	0.85	镜身超声波马达	无	58	75	71.5	425
EF 100mm f/2 USM	135 全画幅	22	0.9	镜身超声波马达	无	58	75	73.5	460
EF 135mm f/2L USM	135 全画幅	32	0.9	镜身超声波马达	无	72	82.5	112	750
EF 135mm f/2.8 Softfocus	135 全画幅	32	1.3	镜身小型马达	无	52	69.2	98.4	390
EF 200mm f/2.8L II USM	135 全画幅	32	1.5	镜身超声波马达	无	72	0.2	136.2	765
EF 200mm f/2L IS USM	135 全画幅	32	1.9	镜身超声波马达	有	后置插片式 52mm	128	208	2520
EF 20mm f/2.8 USM	135 全画幅	22	0.2	镜身超声波马达	无	72	77.5	70.6	405
EF 300mm f/2.8L IS USM	135 全画幅	32	2.5	镜身超声波马达	有	后置插片式 52mm	128	252	2550
EF 300mm f/4L IS USM	135 全画幅	32	1.5	镜身超声波马达	有	77	90	221	1190
EF 400mm f/2.8L IS USM	135 全画幅	32	3	镜身超声波马达	有	后置插片式 52mm	163	349	5370
EF 400mm f/4 DO IS USM	135 全画幅	32	3.5	镜身超声波马达	有	后置插片式 52mm	128	232.7	1940
EF 400mm f/5.6L USM	135 全画幅	32	3.5	镜身超声波马达	无	77	90	256.5	1250
EF 500mm f/4L IS USM	135 全画幅	32	4.5	镜身超声波马达	有	后置插片式 52mm	146	387	3870
EF 600mm f/4L IS USM	135 全画幅	32	5.5	镜身超声波马达	有	后置插片式 52mm	168	456	5360
EF 800mm f/5.6L IS USM	135 全画幅	32	6	镜身超声波马达	有	后置插片式 52mm	163	461	4500
变焦镜系列									
EF 16-35mm f/2.8L II USM	135 全画幅	22	0.28	镜身超声波马达	无	82	88.5	111.6	640
EF 17-40mm f/4L USM	135 全画幅	22	0.28	镜身超声波马达	无	77	83.5	96.8	475
EF 24-105mm f/4L IS USM	135 全画幅	22	0.45	镜身超声波马达	有	77	83.5	107	670
EF 24-70mm f/2.8L USM	135 全画幅	22	0.38	镜身超声波马达	无	77	83.2	123.5	950
EF 28-105mm f/3.5-4.5 II USM	135 全画幅	22-27	0.5	镜身超声波马达	无	58	72	75	375
EF 28-105mm f/4-5.6 USM	135 全画幅	22-32	0.48	镜身超声波马达	无	58	67	68	210
EF 28-135mm f/3.5-5.6 IS USM	135 全画幅	22-36	0.5	镜身超声波马达	有	72	78.4	96.8	540
EF 28-200mm f/3.5-5.6 USM	135 全画幅	22-36	0.45	镜身超声波马达	无	72	78.4	89.6	500
EF 28-300mm f/3.5-5.6L IS USM	135 全画幅	22-38	0.7	镜身超声波马达	有	77	92	184	1670
EF 70-200mm f/2.8L IS USM	135 全画幅	32	1.4	镜身超声波马达	有	77	86.2	197	1470
EF 70-200mm f/2.8L USM	135 全画幅	32	1.5	镜身超声波马达	无	77	84.6	193.6	1310
EF 70-200mm f/4L IS USM	135 全画幅	32	1.2	镜身超声波马达	有	67	76	172	760
EF 70-200mm f/4L USM	135 全画幅	32	1.2	镜身超声波马达	无	67	76	172	705
EF 70-300mm f/4.5-5.6 DO IS USM	135 全画幅	32-38	1.4	镜身超声波马达	有	58	82.4	99.9	720
EF 70-300mm f/4-5.6 IS USM	135 全画幅	32-45	1.5	镜身超声波马达	有	58	76.5	142.8	630
EF 100-300mm f/4.5-5.6 USM	135 全画幅	32-38	1.5	镜身超声波马达	无	58	73	121.5	540
EF 100-400mm f/4.5-5.6L IS USM	135 全画幅	32-38	1.8	镜身超声波马达	有	77	92	189	1380
EF-S 17-55mm f/2.8 IS USM	APS-C	22	0.35	镜身超声波马达	有	77	83.5	110.6	645
EF-S 17-85mm f/4-5.6 IS USM	APS-C	22-32	0.35	镜身超声波马达	有	67	78.5	92	475
EF-S 18-200mm f/3.5-5.6 IS	APS-C	22-36	0.45	镜身小型马达	有	72	78.6	102	595
EF-S 18-200mm f/3.5-5.6 IS	APS-C	22-38	0.45	镜身小型马达	有	72	78.6	102	595
EF-S 18-55mm f/3.5-5.6 IS	APS-C	22-38	0.25	镜身小型马达	有	58	68.5	70	200
EF-S 55-250mm f/4-5.6 IS	APS-C	22-32	1.1	镜身小型马达	有	58	70	108	390
特别功能镜头系列									
TS-E17mm f/4L	135 全画幅	22	0.25	手动对焦	无	N/A	88.9	106.7	820
TS-E24mm f/3.5L	135 全画幅	22	0.3	手动对焦	无	72	78	86.7	570
TS-E24mm f/3.5L II	135 全画幅	22	0.21	手动对焦	无	82	88.5	106.9	780
TS-E45mm f/2.8	135 全画幅	22	0.4	手动对焦	无	72	81	90.1	645
TS-E90mm f/2.8	135 全画幅	32	0.5	手动对焦	无	58	73.6	88	565
EF 100mm f/2.8 Macro USM	135 全画幅	32	0.31	镜身超声波马达	无	58	78.6	118.6	580
EF 50mm f//2.5 Compact Macro	135 全画幅	32	0.23	镜身小型马达	无	52	67.6	63	280
EF-S 60mm f/2.8 Macro USM	APS-C	32	0.2	镜身超声波马达	无	52	73	69.8	335
MP-E 65mm f//2.8 1-5X Macro Photo	135 全画幅	16	0.24	手动对焦	无	58	81	98	710
EF 180mm f/3.5L Macro USM	135 全画幅	32	0.48	镜身超声波马达	无	72	82.5	186.6	1090

绝世超广角
Carl Zeiss
Distagon T*2.8/21 ZF
(21mm f/2.8)

精彩看点

- ◆ 支持全画幅机身
- ◆ 全画幅格式上的效果：超广角
- ◆ APS 格式上的效果：广角
- ◆ Carl Zeiss T* 镀膜
- ◆ 精制金属镜身设计
- ◆ 顺滑的手动对焦设计
- ◆ 1/2 级手动光圈触感提示
- ◆ 设有 Canon，Nikon 及 Pentax 适用版本
- ◆ 常用拍摄题材：纪实、风景、生活、建筑

全画幅
相机适用

几近完美的清晰度

Carl Zeiss 在早年推出的 CY（Contax Yashica）卡口 Distagon T*2.8/21 镜头，令很多相机发烧友津津乐道。凭着超高分辨率、优秀的畸变控制（厂方宣称只有 2％畸变），可能是同级镜头之冠！为迎合数码单反相机用户，新版 T*2.8/21 在保留着沿用多年的 13 组 15 片 Distagon 超广角逆焦式光学结构设计外，更是第一次将 APO 低色散镜片加入镜头之内，为新款镜头带来更优秀的光学画质。同时为了符合欧盟规格，所有镜片已采用无铅玻璃制成。在玻璃镜片上，Carl Zeiss 更为它们镀上厂多层涂膜，借此来提升镜头的透光度并减少镜筒内部出现反射的几率。

全新打造的魅力镜头

新版 Distagon T*2.8/21 外观设计变得更现代化，金属镜身为此镜头带来 620g 的重量，分量十足，更备有 Canon、Nikon 及 Pentax 三个卡口的版本。尤其是给 Canon EOS 机身使用的 ZE 版本，更是破天荒地加入电子芯片，改为由机身控制的电子光圈叶片，在 Carl Zeiss 镜头中只此一支。为 Canon 全画幅数码相机用户，以后不必再冒改机身、改卡口的风险，简简单单、舒舒服服就能享用优质的"蔡司味"。

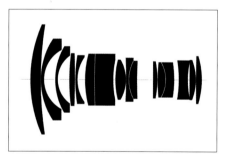

▲ Carl Zeiss Distagon T* 之光学系统颇为复杂，由 16 片镜片构成

▲ 除 Canon ZE 版本外，其他的都以手动方式在镜身尾部手动调校光圈，转动光圈环时每 1/2 挡便会感到一个细微的触感提示

▲ 前组镜片泛起漂亮的琥珀色涂膜色彩

▲ 估计此镜头的用户多数情况下会使用较小光圈拍摄，圆形光圈叶片无法革新，令焦外成像留有点遗憾

▲ 随镜头附送的花瓣形遮光罩内有植绒，可以起到吸光作用

▲ 此镜头使用巨大的 82mm 直径滤镜，并非一般广角定焦的 77mm 设计

Carl Zeiss Distagon T*2.8/21 ZF 性能测试

测试器材

NiKon D700+ Carl Zeiss Distagon T*2.8/21 ZF

测试说明

参见专业镜头测试方法的详细说明

分辨率测试

根据测试结果，此镜头的分辨率表现十分出众，全开光圈时，仍可稳定为2100LW/PH，说明此镜头成像非常锐利，而且，作为超广角镜头家族一员，中央跟边缘分辨率能如此接近，实属罕见。

Imatest 分析结果

	f/2.8	f/4	f/5.6	f/8	f/11	f/16	f/22
中央	21921LW/PH	2318LW/PH	2318LW/PH	2306LW/PH	2236LW/PH	2211LW/PH	2097LW/PH
边缘	2175LW/PH	2082LW/PH	2114LW/PH	2236LW/PH	2220LW/PH	2136LW/PH	2015LW/PH

四角失光测试

虽然此镜头在全开光圈下，有最高3.99EV最大失光量，但若把光圈缩小至f/5.6或更小后，"暗角"情况已大为改善，对于一般的风景拍摄影响不大。

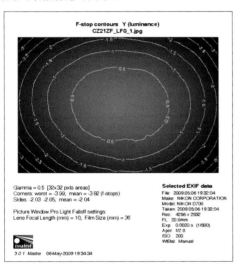

▲ Imatest 分析结果：3.82EV 平均失光量及3.99EV 最大失光量

畸变控制测试

估计没有一支超广角镜头能有如此轻微的桶形畸变，比不少标准镜头还要少，实属少见。

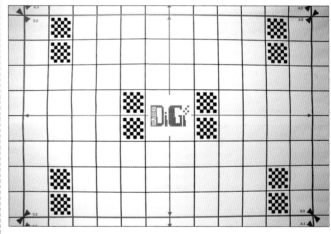

▲ 畸变问题：轻微的桶形畸变

Carl Zeiss Distagon T*2.8/21 ZF

卡口制式：Canon EF、Nikon F 及 Pentax K 卡口
支持画幅：135 全画幅
APS 格式上的相对焦距：31.5mm
镜片结构：13 组 16 片
对角线画面角度：90°
最大光圈：f/2.8
最小光圈：f/22
光圈叶片片数：9 片
最近对焦距离：0.22m
放大倍率：0.2×
对焦系统类型：全手动
镜头防抖指数：不支持
遮光罩：花瓣形（随镜头附送）
滤镜尺寸：82mm
直径：87mm
长度：109mm
重量：600g

编辑视点

对于爱玩手动镜头，追求高画质的用户来说，蔡司往往被定位为镜头当中的XO。但要说一万多元一支21mm f/2.8镜头到底贵不贵？只要你觉得画质、分辨率是决定一切的因素，只要你"沉醉"于终极装备，从来觉得喝XO才是主流，不是吗？

▲摄影：Stephen，拍摄数据：Nikon D700，Carl Zeiss Distagon T*2.8/21 ZF，f/11，1/250s，ISO200，自动白平衡，21mm 焦距

锐不可当
Carl Zeiss
Distagon T*2/35 ZF
(35mm f/2)

精彩看点

- ◆ 支持全画幅机身
- ◆ 全画幅格式上的效果：广角
- ◆ APS 格式上的效果：标准
- ◆ Zeiss T* 镀膜
- ◆ 精制金属镜身设计
- ◆ 可全时手动对焦
- ◆ 设有 Nikon、Pentax 及 Lecia（M 系列）适用版本
- ◆ 常用拍摄题材：纪实、人像、风景、生活

名不虚传

　　大部分人只看名字就感到它充满德国镜头的味道，"Distagon" 这名字极有来头，是逆焦式的镜头组设计，最大特征是后组镜片到焦平面的距离要长于焦距，这一设计使其畸变控制及中央分辨率得以提高。另外，它的 "T*" 名号，来自 Carl Zeiss 著名的多层镀膜技术。T* 多层镀膜由气态离子制作而成。由于纤薄，镜片在具备高透光度的同时拥有极佳的耐磨度，用在为 DSLR 专门设计的镜头上，能大大抑制光线在镜片之间的衍射，降低镜片的折射及反光的问题。

稳重的手感

　　此镜的推出，绝对令千万摄影人垂涎欲滴，除了它用精钢制作结实耐用外，它对焦顺畅，还有刚好令对焦环不会自行移位的微小阻尼，令用户尝到 AF 镜头手动对焦的乐趣。更重要是，它镜尾处的光圈环，设有 1/2 级光圈触感提示，提高了"手动光圈优先"时的准确度。在它短小的镜身上，你会触到意想不到的质感。

▲ 随镜头附送的遮光罩，外部以金属制造，内部植绒以加强防光线反射作用

▲ 7 组 9 片的 Distagon 镜头组设计

▲ 可看到微绿色的 T* 镀膜

▲ 最近对焦距离为 0.3m

▲ 光圈环备有半格光圈触感提示

▲ 银环、黑镜身是 Carl Zeiss 全新数码单反镜头的系列的标志性设计

Carl Zeiss Distagon T*2 /35 ZF 性能测试

测试器材

Nikon D700 +Carl Zeiss Distagon T*2 /35 ZF

测试说明

参见专业镜头测试方法的详细说明

分辨率测试

从测试结果得知，此镜的中央分辨率平均都处于 2000LW/PH 的水平，分辨率水平很高。即使使用最大光圈，边缘位置都处于 1800LW/PH 以上。因为只能使用 MF 的关系，所以会经常选用中等甚至较小的光圈，来覆盖更大的景深。从图表可见，很少看到 f/22 最小光圈都能达到 1750LW/PH 的水平，T* 镀膜和 Distagon 设计功不可没。

Imatest 分析结果

	f/2	f/2.8	f/4	f/5.6	f/8	f/11	f/16	f/22
中央	1888LW/PH	1904LW/PH	2044LW/PH	2021LW/PH	2038LW/PH	1692LW/PH	1742LW/PH	1135LW/PH
边缘	1852LW/PH	1857LW/PH	1854LW/PH	1865LW/PH	1646LW/PH	1780LW/PH	1866LW/PH	1759LW/PH

四角失光测试

此镜头的失光抑制能力并不特别优秀，但也不错，在最大光圈时的达到 –1.76EV 平均失光量，与其他 f/2.8 光圈镜头普遍的 –2EV ～ –3EV 四角失光量相比，不算过分。

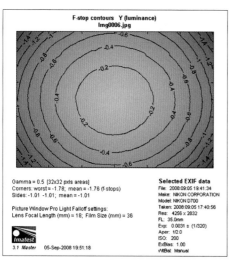

▲ Imatest 分析结果：1.76EV 平均失光量及 1.78EV 最大失光量

畸变控制测试

对于广角镜头最常见的桶形畸变问题，此镜头都有不俗的表现，只看到测试照片出现轻微的桶形畸变。

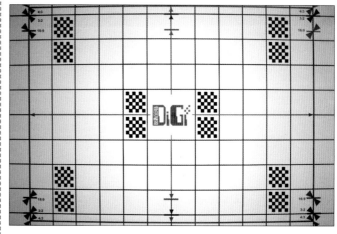

▲ 畸变问题：轻微的桶形畸变

Carl Zeiss Distagon T*2 /35 ZF

卡口制式：Nikon F、Pentax K、Leica M 卡口
支持画幅：135 全画幅
APS 格式上的相对焦距：52.5mm
镜片结构：7 组 9 片
对角线画面角度：62°
最大光圈：f/2
最小光圈：f/22
光圈叶片片数：9 片
最近对焦距离：0.3m
放大倍率：0.18×
对焦系统类型：不设
镜头防抖指数：不设
遮光罩：筒形（随镜头附送）
滤镜尺寸：58mm
直径：64mm
长度：97mm
重量：530g

编辑视点

用惯了高速自动对焦的 AF 镜头，偶尔用全手动的镜头可为你带来另一番感受。精良的光学效果、全机械设计，慢慢地把景物对清晰。如果能配合 Live View 实时取景功能使用，就能享受机械加上电子的便利了。

▲摄影：Chloe，拍摄数据：Nikon D200，Carl Zeiss Distagon T*2/35 ZF，f/5.6，1/60，ISO200，自定义白平衡，35mm 焦距 52.5 相对焦距

精锐之瞳
Carl Zeiss
Planar T*1.4 /50 ZE
(50mm f/1.4)

精彩看点

- ◆ 支持全画幅机身
- ◆ 全画幅格式上的效果：标准
- ◆ APS 格式上的效果：中长焦
- ◆ 著名 Planar 光学设计
- ◆ Carc Zeiss T* 镀膜
- ◆ 精制金属镜身设计
- ◆ 可实时手动对焦
- ◆ 设有 Canon、Nikon、Pentax 及 Lecia（M 系列）适用版本 *
- ◆ 常用拍摄题材：纪实、人像、风景、生活

源自 1896 年的味道

　　Planar 镜头光学设计，于 1896 年由数学家 PaulRudolph 设计，是 Carl Zeiss 镜头设计的经典之作。这款对称型的镜片组合，也被称为双高斯结构，更是现时其他品牌标准镜头的"参考设计"。经过多年的改进，以双高斯结构设计的 Planar 镜头，不用通过多少镜片便能有效校正像差。单是 Planar 设计已有效修正色差，再加上由气态粒子制作而成的 T* 多层镀膜，再能抑制光线和镜片与及镜面和镜面之间的反射问题，令更多的光谱可以通过镜头来提升透光度。

全电子化设计

　　此次推出的是专为 Canon EOS 电子系统推出的 ZE 版本，透过镜头内的微处理器和电子光圈叶片设计，就可以实现调校光圈及回传镜身信息到机身的功能。光圈的设定交还给机身，因而省去了光圈环。除了有更细致和精准的电磁光圈叶片外，由 TTL 自动测光控制的 P、Av 和 Tv 曝光模式，全部都能运作正常，此乃其他卡口版本不能做到的。实际用上后，觉得此 Carl Zeiss 手动镜头的操作，就像 Canon 的 TS-E 移轴镜头一样，但只是移不了。

▲ 镜身会在对焦时稍稍伸长，使用的是 Overall Linear Extension 对焦方式

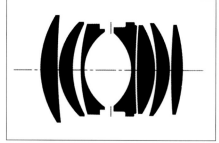

▲ 此镜 6 组 7 片的高斯型设计

▲ 镜头日本制造

▲ ZE 的全新卡口设计，设有多个电子接点，能与 EOS 相机相互"沟通"，自动控制光圈大小

▲ 此镜的镜片镀膜呈现紫红色的光

▲ 由无限远扭至最近对焦的 0.45m 位置，对焦环大约需要扭动约 220°

Carl Zeiss Planar T*1.4 /50 ZE 性能测试

测试器材

Canon EOS 5D Mark Ⅱ + Carl Zeiss Planar T*1.4 /50 ZE

测试说明

参见专业镜头测试方法的详细说明

分辨率测试

此新推出的 ZE 版本其光学性能表现与较早前推出的其他卡口版本相差无几。最大光圈时的分辨率明显比中等的光圈低，最佳成像位于 f/8 时。

Imatest 分析结果

	f/1.4	f/2	f/2.8	f/4	f/5.6	f/8	f/11
f/16							
中央	2421LW/PH	2593LW/PH	2320LW/PH	2406LW/PH	2537LW/PH	2640LW/PH	2552LW/PH
边缘	745LW/PH	7506LW/PH	2369LW/PH	2605LW/PH	27P6LW/PH	2546LW/PH	2278LW/PH

四角失光测试

此 Carl Zeiss 标准镜头的平均失光量是 –3.18EV，虽然有明显失光效果，但在同类型镜头中属常见。只要收小光圈接近 f/2.8 便能解决。

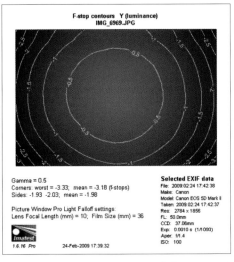

▲ Imatest 分析结果：3.78EV 平均失光量及 3.33EV 最大失光量

畸变控制测试

此镜头和其他的标准镜头不约而同出现桶状畸变的问题，但程度轻微。

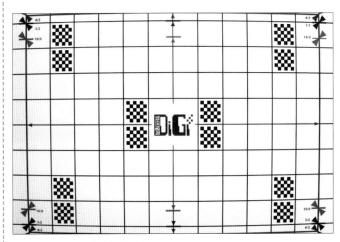

▲ 畸变问题：轻微的桶状畸变

Carl Zeiss Planar T*1.4 /50 ZE

卡口制式：CanonEF、LeicaM、Nikon F、PentaxK 卡口
支持画幅：135 全画幅
APS 格式上的相对焦距：75mm
镜片结构：6 组 7 片
对角线画面角度：45°
最大光圈：f/1.4
最小光圈：f/16
光圈叶片片数：9 片（圆形）
最近对焦距离：0.45m
放大倍率：0.15×
对焦系统类型：不支持
镜头防抖指数：不支持
遮光罩：筒形（随镜头附送）
滤镜尺寸：58mm
直径：66mm
长度：69mm
重量：350g

编辑视点

全金属、全机械的设计相当吸引人，做工和画质都十分上乘。但要在较小的取景器中决定影像是否对焦，还是有点困难，稍有不慎容易失焦。幸好 LiveView 可以帮一帮忙，加上新增的电子卡口设计，大大增加此镜头在 Canon 相机上的可玩性。

▲ 摄影：Felix，拍摄数据：Canon 5D Mark II，Carl Zeiss Planar T*1.4 /50 ZE，f/2，1/200s，ISO100，自动白平衡，50mm 焦距

Carl Zeiss镜头规格表

型号	支持画幅	支持系统卡口	最小光圈（f/）	最近对焦距离（m）	AF 系统	防抖系统	滤镜尺寸（mm）	直径（mm）	长度（mm）	重量（g）
定焦镜头系列										
Distagon T*3.5/18（18mm f/2.5）	135 全画幅	N、K	22	0.3	全手动对焦	由机身提供	82	87	84	470
Distagon T*2.8/21（21mm f/2.8）	135 全画幅	C、N、K	22	0.22	全手动对焦	由机身提供	82	87	109	600
Distagon T*28/25（25mm f/2.8）	135 全画幅	N、K	22	0.17	全手动对焦	由机身提供	58	64	90	480
Distagon T*2/28（28mm f/2）	135 全画幅	N、K	22	0.24	全手动对焦	由机身提供	58	64	93	520
Distagon T*2 /35（35mm f/2）	135 全画幅	N、K	22	0.3	全手动对焦	由机身提供	58	64	97	530
Planar T*1.4/50（50mm f/1.4）	135 全画幅	C、N、K	16	0.45	全手动对焦	由机身提供	58	66	69	350
Planar T*1.4/85（85mm f/1.4）	135 全画幅	C、N、K	16	1	全手动对焦	由机身提供	72	77	85	600-700
微距镜头系统										
Makro-Planar T*2/50（50mm f/2）	135 全画幅	N、K	22	0.24	全手动对焦	由机身提供	67	72	88	530
Makro-Planar T*2/100（100mm f/2）	135 全画幅	N、K	22	0.44	全手动对焦	由机身提供	67	73	113	680

C 适用于 Canon EF 卡口型号；N 适用于 Nikon F 卡口型号；K 适用于 Pentax K 卡口型号

\# 防抖效果视机型而定

109°！大开眼界
Nikon
AF-S DX Nikkor
10-24mm f/3.5-4.5G ED

精彩看点

◆ 支持 APS-C 画幅机身
◆ APS 格式上的效果：超广角至广角
◆ 环型 SWM 超声波马达驱动
◆ 可实时手动对焦
◆ 7 片圆形光圈叶片
◆ IF 内对焦设计
◆ 常用拍摄题材：纪实、风景、生活、建筑

本是同根生？

　　说起此镜头，很多人将它跟 AF-S DX 12-24G 及 Tamron SP 10-24mm Di II 进行比较。在焦段和最大光圈上，它与 Tamron 是完全相同的。在光学结构方面，此镜头也比较接近 Tamron，若仔细分析两支镜头的结构，前组和后组镜片群几乎一模一样，它们之间的关系搞得有点"扑朔迷离"。和同厂的 AF-S 12-24G 相比，反而有较多不同之处，此新款镜头拥有 9 组 14 片的光学设计，当中包括 3 片非球面镜片和 2 片 ED 超低色散镜片。

如何选择？

　　在准用户面前，常将 AF-S 10-24G 五六年前的 AF-S 12-24G 对比，而且始终要来个二选一的。虽然新款镜头 AF-S 10-24G 拥有更大的视角和 f/3.5 光圈，广角端成像也较好，但 AF-S 12-24G 的 f/4 恒定光圈及内对焦设计，从实用和耐用程度来说，都更具优势。在产地方面，新款镜头国产化，无法获得至高无上的"金环"，这也是两者之间存在的差别。

▲ 2003 年推出的 Nikon AF-S DX Nikkor 12-24mm f/4G ED 之光学结构图

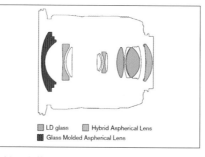

▲ 2009 年推出的 Nikon A-S DX Nikkor 10-24mm f/3.5-4.5 G ED 之光学结构图

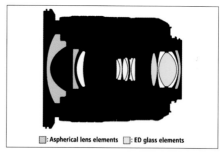

▲ 2008 年推出的 Tamron SP AF 10-24mm f/3 5-4，5 Di LD Asp[IF] 之光学结构图

▲ 新款镜头镜片涂膜呈绿色色彩

▲ 对焦窗内虽然显示 0.24m 的"最近对焦距离"，但只适用自动对焦，如改用手动对焦，近拍距离可更近，为 0.22m

▲ 使用 7 片圆形光圈叶片

Nikon AF-S DX Nikkor 10-24mm f/3.5-4.5G ED 性能测试

测试器材

Nikon D90+ AF-S DX Nikkor 10-24mm f/3.5-4.5G ED

测试说明

参见专业镜头测试方法的详细说明

分辨率测试

整体来说，新款镜头在广角端的表现较好。最佳成像在 f/5.6 ～ f/8 出现。在全开光圈下，镜头中央部分的分辨率得分也稳定在 2200LW/PH 之上。

Imatest 分析结果

	最大光圈	f/4	f/5.6	f/8	f/11	f/16	f/22
10mm							
中央	2249LW/PH（f/3.5）	2252LW/PH	2281LW/PH	2215LW/PH	2114LW/PH	1973LW/PH	1804LW/PH
边缘	1991LW/PH（f/3.5）	2005LW/PH	2169LW/PH	2195LW/PH	2102LW/PH	1932LW/PH	1741LW/PH
12mm							
中央	2198LW/PH（f/3.8）	2170LW/PH	2293LW/PH	2238LW/PH	2104LW/PH	1986LW/PH	1777LW/PH
边缘	1846LW/PH（f/3.8）	1867LW/PH	2094LW/PH	2072LW/PH	2070LW/PH	1968LW/PH	1763LW/PH
15mm							
中央	2204LW/PH（f/4）	2308LW/PH	2253LW/PH	1736LW/PH	1985LW/PH	1786LW/PH	1704LW/PH
边缘	1928LW/PH（f/4）	2066LW/PH	2192LW/PH	2135LW/PH	1959LW/PH	1753LW/PH	1447LW/PH
18mm							
中央	2157LW/PH（f/4.2）	2165LW/PH	2180LW/PH	2121LW/PH	1969LW/PH	1798LW/PH	1492LW/PH
边缘	2017LW/PH（f/4.2）	2141LW/PH	2162LW/PH	2097LW/PH	1947LW/PH	1744LW/PH	1418LW/PH
20mm							
中央	2111LW/PH（f/4.5）	2178LW/PH	2256LW/PH	2147LW/PH	2005LW/PH	1797LW/PH	1440LW/PH
边缘	1957LW/PH（f/4.5）	1980LW/PH	2167LW/PH	2137LW/PH	7944LW/PH	1741LW/PH	1387LW/PH
24mm							
中央	2075LW/PH（f/4.5）	2129LW/PH	2237LW/PH	2114LW/PH	1947LW/PH	7770LW/PH	1397LW/PH
边缘	2017LW/PH（f/4.5）	2069LW/PH	2165LW/PH	2052LW/PH	1945LW/PH	1750LW/PH	1247LW/PH

四角失光测试

新款镜头的最大光圈失光情况不算严重，在广角端最高 2.1EV 失光；长焦端方面，失光情况相对较轻微，最高只有1.56EV。若把光圈缩小至 f/11 后，差不多可以完全解决。

▲ Imatest 分析结果：7.9EV 平均失光量及 2 PEV 最大失光量

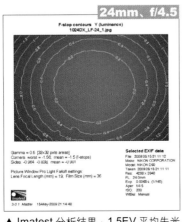

▲ Imatest 分析结果：1.5EV 平均失光量及 1.56EV 最大失光量

畸变控制测试

在广角部分发现此镜头出现明显的桶形畸变，在超广角镜头中并不少见。当变焦至 18mm 后，桶形畸变就此释数消除，至于在 24mm 端则有少许的枕形畸变问题。

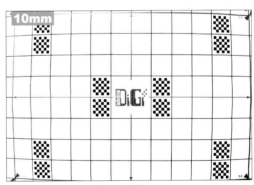

▲ 畸变问题：明显的桶形畸变

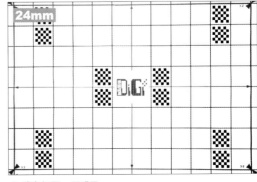

▲ 畸变问题：不明显

Nikon AF-S DX Nikkor 10-24mm f/3.5-4.5G ED 拍摄示范

▲摄影：Stephen，拍摄数据：Nikon D5000，AF-S DX Nikkor 10-24mm f/3.5-4.5G ED，f/9，1/1250s，ISO 200，自动白平衡，10mm焦距（15mm 相对焦距）

SFPC

卡口制式：NikonF 卡口
支持画幅：APS-C 画幅
APS 格式上的相对焦距：75.36mm
镜片结构：9 组 14 片
对角线画面角度：109°～ 61°
最大光圈：f/3.5 ～ f/4.5
最小光圈：f/22 ～ f/29
光圈叶片片数：7 片（圆形）
最近对焦距离：0.24m（自动对焦），0.22m（手动对焦）
放大倍率：0.2×
对焦系统类型：环型 SWM 超声波马达
镜头防抖指数：不支持
遮光罩：花瓣形（随镜头附送）
滤镜尺寸：77mm
直径：82.5mm
长度：87mm
重量：460g

编辑视点

Nikon 越来越多产品已非日本原产。目前"高价货"和对制作技术要求较高的产品，仍然留在日本本土生产；一些中低档次的产品，改由以中国及泰国生产为主。

理想中最强的套装镜头
Nikon

AF-S DX Nikkor 16-85mm f/3.5-5.6G ED VR

精彩看点

- ◆ 支持 APS 机身
- ◆ APS 格式上的效果：超广角至长焦
- ◆ 环型 SWM 宁静波动马达驱动
- ◆ 可实时手动对焦
- ◆ 双模式 4 级补偿 VR 防抖系统
- ◆ 7 片圆形光圈叶片
- ◆ IF 内对焦设计
- ◆ 常用拍摄题材：纪实、人像、风景、生活、旅游

实用价一般

此镜头新增了第二代 VR II 防抖功能，最大的特色是可补偿 4 挡快门速度，能选择使用全方位补偿的 "Normal" 或 "Active" 模式。"Active" 模式是针对 "追随拍摄"（Pan Camera）时以某一方向持续摇摆的动作，辨识哪个方向是 "有用" 的移动，哪些是 "不理想" 的抖动，不会对错目标，补偿破坏画面的抖动。此镜头的相对焦距为 24mm ～ 127.5mm，不禁令人联想到早年前的全画幅镜头 AF-S 24-120mm VR。时隔多年，在测试和拍摄上都发现此镜在 f/8 时的锐度仍十分惊人。若不急于马上升级至 FX 机身，十分建议现在购买此镜头，享受一下此镜头的高画质。

锐利的成像

分析多支中段 Nikon DX 镜头，只有此镜头拥有 24mm 相对焦距。众所周知，24mm 比 28mm 有更宽广的视觉感觉和透视效果，又比 20mm 镜头少很多畸变问题。理论上，DX 系统只需顾及约半格画幅，所以得到高画质不是一件难事，但由于超广角延伸至长焦的 5.3× 变焦能力，还是会面对不少成像控制的问题。在 11 组 17 片镜头组中，使用了三枚非球面及两枚超低色散 ED 镜片，其中一枚非球面镜片就在重要的 VR 组件之中，负责重要的纠正过程。圆形光圈叶片配合 VR 系统，用户用 f/8 至 f/11 拍摄时，可以获得一出色的焦外成像效果。

▲ 直到高级的 VR II 才可选择 "Normal" 或 "Active" 模式

▲ 对焦环与变焦环运行全程，约 1/4 圆周长度

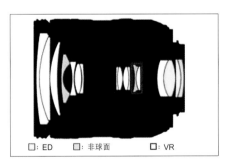

▲ 镜头的光学结构图

□：ED　□：非球面　□：VR

▲ 长焦端时，镜头伸出不少

▲ DX 的 AF-S 16-85mm VR（左）与 FX 的 AF-S 24-120mm VR（右）

▲ 同为最长焦距时，两支镜头长度变得差不多

Nikon AF-S DX Nikkor 16-85mm f/3.5-5.6G ED VR 性能测试

测试器材

Nikon D300+ Nikon AF-S DX Nikkor 16-85mm f/3.5-5.6G ED VR

测试说明

参见专业镜头测试方法的详细说明

分辨率测试

实际测试中，虽然此镜头的最大光圈会随变焦而变化，但全开光圈时得分一直很高。全部焦段的最大光圈，都能达到 2000 LW/PH 以上的水平，无须刻意收小使用中段的光圈。

Imatest 分析结果

	最大光圈	f/5.6	f/8	f/11	f/16	f/22
16mm						
中央	2068LW/PH（f/3.5）	2185LW/PH	2135LW/PH	2075LW/PH	1907LW/PH	1664LW/PH
边缘	1945LW/PH（f/3.5）	1958LW/PH	2044LW/PH	1987LW/PH	1786LW/PH	1437LW/PH
24mm						
中央	2047LW/PH（f/4）	2198LW/PH	2153LW/PH	2057LW/PH	1873LW/PH	1600LW/PH
边缘	2028LW/PH（f/4）	2144LW/PH	2097LW/PH	1990LW/PH	1805LW/PH	1480LW/PH
35mm						
中央	2076LW/PH（f/4.5）	2093LW/PH	2102LW/PH	2031LW/PH	1975LW/PH	1707LW/PH
边缘	2039LW/PH（f/4.5）	2086LW/PH	2070LW/PH	1987LW/PH	1874LW/PH	1606LW/PH
50mm						
中央	2015LW/PH（f/5）	2064LW/PH	2056LW/PH	1988LW/PH	1900LW/PH	1620LW/PH
边缘	1795LW/PH（f/5）	1913LW/PH	1890LW/PH	1924LW/PH	P871LW/PH	1621LW/PH
85mm						
中央	2082LW/PH（f/5.6）	N/A	2152LW/PH	2075LW/PH	1933LW/PH	1610LW/PH
边缘	1816LW/PH（f/5.6）	N/A	1733LW/PH	1719LW/PH	1643LW/PH	1418LW/PH

四角失光测试

这支镜的失光问题一般，广角端失光比较严重，平均失光量达 –1.46EV，但只要收小至 f/8 最佳成像的，基本可以解决失光问题。

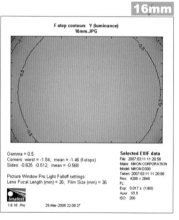

▲ Imatest 分析结果：1.46EV 平均失光量及 1.84EV 最大失光量

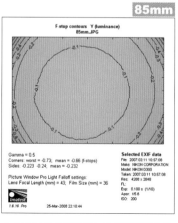

▲ Imatest 分析结果：0.66EV 平均失光量及 0.73EV 最大失光量

畸变控制测试

此镜头横越超广角至长焦，在畸变控制上存在明显的畸变情况。在广角端出现桶形畸变；在长焦端出现枕形畸变，虽然程度不及广角端，但仍需要一定的后期处理校正。

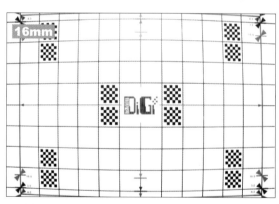

▲ 畸变问题：明显的桶形畸变

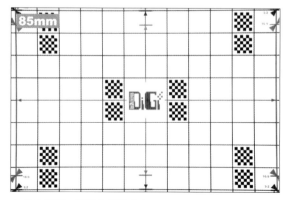

▲ 畸变问题：轻微的枕形畸变

Nikon AF-S DX Nikkor 16-85mm f/3.5-5.6G ED VR 拍摄示范

▲摄影：Sam，拍摄数据：Nikon D300，Nikon AF-S DX Nikkor 16-85mm f/3.5-5.6G ED VR，f/3.5，1/30s，ISO 200，自动白平衡，16mm 焦距（24mm 相对焦距）

Nikon AF-S DX Nikkor 16-85mm f/3.5-5.6G ED VR

支持画幅：APS-C 画幅
APS 格式上的相对焦距：24mm ～ 127.5mm
镜片结构：11 组 7 片
对角线画面角度：83°～ 18°50'
最大光圈：f/3.5 ～ f/5.6
最小光圈：f/22 ～ f/36
光圈叶片片数：7 片（圆形）
最近对焦距离：0.38m
放大倍率：0.277×
对焦系统类型：环型 SWM 超声波马达
镜头防抖指数：4 挡快门补偿
遮光罩：花瓣形（随镜头附送）
滤镜尺寸：67mm
直径：72mm
长度：85mm
重量：485g

编辑视点

　　当你尝试过把这支镜头装在 D300 后，会觉得它俩是天生一对，完美的套装组合。不论价位、功能、画质都真的是无敌的组合。可惜，到了现在，差不多是推出 D300 后续型号的时候，仍未见 Nikon 把它们组合起来，大家唯有寄望于"D400"。

大大提升操作效果
Nikon
PC-E Nikkor 24mm f/3.5D ED

精彩看点

- ◆ 支持全画幅机身
- ◆ 全画幅格式上的效果：超广角
- ◆ APS 格式上的效果：广角
- ◆ 能移轴 ±11.5mm 和倾斜 ±8.5°
- ◆ 9 片圆形光圈叶片
- ◆ 支持自动测光和 A 光圈优先
- ◆ 设有一按全开光圈电子按钮
- ◆ 常用拍摄题材：风景、商业、建筑

被寄予厚望之作

此镜于 2008 年 PMA 展览上发布，是替代已停产多时的 PC Nikkor 28mm f/3.5。此镜与首部 FX 数码单反 D3 同时推出，互相配合下，成为建筑摄影师无可替代的超广角移轴镜头组合。其移轴功能，在测试过后，也不负众望得到高性能评价。新款镜头采用 3 枚 ED 镜片及 3 枚非球面镜片，有效减少色差与球面像差。在第二枚大型透镜上加入 Nikon "招牌"影像科技的 NC 纳米结晶涂层，有效消除镜内的破坏性反射，减低电子感光元特别容易遇到的鬼影和眩光等问题。

集大成于一身

135 移轴镜头若要做出移轴效果，成像圈普遍要达到能够覆盖 120 画幅。PC-E 24mm 的覆盖力，能让它做出移轴 ±11.5mm 和倾斜 ±8.5°，左右 90°旋转卡口，令它能向任何方向移轴。过去 Nikon 的移轴镜头都设有一枚机械式光圈全开按钮，但设计上容易令人忘记关上，变成以全开光圈拍摄。厂方在新镜头上第一次加入电子光圈全开按钮，一按全开光圈，方便用户利用全开光圈对焦。近摄能力方面，它有 0.21m 最近对焦距离，比普通的 AF 24mm f/2.8D 的 0.3m 近了不少，新款镜头的放大倍率也提高至 0.37×。

▲ 已停产多时的 PC Nikkor 28mm F3.5

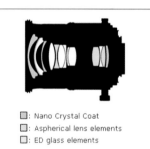

□ : Nano Crystal Coat
□ : Aspherical lens elements
□ : ED glass elements

▲ 相比一般的 24mm 镜头，实现高质量的移轴效果，需要极上乘的光学材料

▲ 镜尾的电子接点，在配合 D3X、D700、D3 和 D300 时支持自动测光和 A 光圈优先

▲ 在移轴 ±11.5mm 和倾斜 ±8.5° 后，仍能覆盖全画幅范围，是此镜的可贵之处

▲ 镜身上新增的全开光圈按钮（上圈圆圈处），不论设定了哪一个光圈值，都能实时全开协助对焦

▲ 若要使用此镜拍摄宏伟建筑，一部 FX 全画幅机身是必不可少的

Nikon PC-E Nikkor 24mm f/3.5D ED 性能测试

测试器材

Nikon D3+ Nikon PC-E Nikkor 24mm f/3.5D ED

测试说明

参见专业镜头测试方法的详细说明

分辨率测试

从数据得知，此镜头在不同光圈下分辨率均能保持高水平。最大光圈时，成像得分高达 1920LW/PH，此高画质表现能持续至 f/22 光圈。

Imatest 分析结果

	f/3.5	f/4	f/5.6	f/8	f/16	f/22	f/32
中央	1920LW/PH	1937LW/PH	1969LW/PH	1947LW/PH	1926LW/PH	1873LW/PH	1647LW/PH
边缘	1615LW/PH	1600LW/PH	1707LW/PH	1759LW/PH	1838LW/PH	1727LW/PH	1622LW/PH

四角失光测试

测试验证出，此镜头几乎没有出现严重暗角。而纵观数据指出角位平均失光量也只是介乎 –0.7EV 的失光。若把光圈收小半级至 f/4，基本可以完全解决暗角问题。

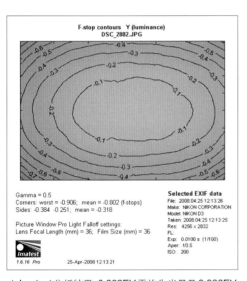

▲ Imatest 分析结果：0.802EV 平均失光量及 0.906EV 最大失光量

畸变控制测试

普遍对此类镜头在畸变抑制方面的要求相对严格。然而，此镜头的桶形畸变颇为严重，虽与一般的 24mm 镜头相比，属于正常，但对于建筑摄影，畸变问题较为严重，需要影像软件的辅助修正。

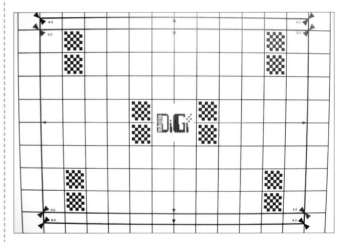

▲ 畸变问题：明显的桶形畸变

Nikon PC-E Nikkor 24mm f/3.5D ED

卡口制式：NikonF 卡口
支持画幅：135 全画幅
APS 格式上的相对焦距：36mm
镜片结构：10 组 13 片
对角线画面角度：84°
最大光圈：f/3.5
最小光圈：f/32
光圈叶片片数：9 片（圆形）
最近对焦距离：0.2 m
放大倍率：0.37×
对焦系统类型：不设 AF 系统
镜头防抖指数：不支持
遮光罩：筒形（随镜头附送）
滤镜尺寸：77mm
直径：82.5mm
长度：108mm
重量：730g

编辑视点

当你使用移轴镜头作出逆向移轴改变透视关系，形成只有一个清晰焦点的"微缩世界"时，会获得一个全新的体验。对于已厌倦平凡、正常、清晰的影像的人，购买此镜头后，可以感觉一下外星人在高处观看地球人的感觉。

▲ 摄影：Wang，拍摄数据：Nikon D3，Nikon PC-E Nikkor 24mm f/3.5D ED

▲ 摄影：Wang，拍摄数据：Nikon D3，Nikon PC-E Nikkor 24mm f/3.5D ED，f/3.5，1.3s，ISO 200，自动白平衡 /24mm 焦距，+8.5°移轴倾斜

第一支DX定焦镜头
Nikon
AF-S DX Nikkor
35mm f/1.8G

精彩看点

- ◆ 可覆盖大部分全画幅元件
- ◆ APS 格式上的效果：标准
- ◆ SWM 宁静波动马达驱动
- ◆ 可实时手动对焦
- ◆ 7 片圆形光圈叶片
- ◆ 常用拍摄题材：纪实、Snap Shot、人像、风景、生活、新闻

DX 名下首支定焦镜头

　　Nikon 的 DX 镜头首发于 2002 年，此后新款镜头不断推出，但就是没一支是定焦镜头。2009 年，Nikon 推出首支DX 标准定焦镜头，令很多 D5000 和同级用户欢呼雀跃。凭着内置的 SWM 超声波马达，不但加快了此镜头的对焦速度，而且在 D5000 和同级机身上都能实现 AF 对焦，令实用性大增。从外表看，由于没有对焦距离窗，看上去有点像老款的 AF 50mm f/1.8D，但明显加入了具有 M/A 手动优先自动对焦模式开关。尽管镜头长度固定且重量轻——只有 200g，但在操作、做工和档次方面仍有提升空间。

几乎是全画幅的覆盖能力

　　既然是 DX "名下"，照理推断此镜应该会在全画幅机身上造成严重的 "暗角现象"，然而 AF-S DX35mm f/1.8G 的 "实用面积" 却是高得出奇。经 "非常规" 测试，发现此镜在 FX 机身之上，强制使用全画幅范围及 f/4 光圈拍摄，只有很小的暗角。启动机身的暗角抑制功能后的效果，对于笔者来说是可以接受的。虽然厂方从未认可此镜在 FX 机身上使用，但也并非不可。与在 1995 年推出的 AF 35mm f/2D 相比，新款镜头采用新的 6 组 8 片双高斯结构光学设计，同类设计主要在 50mm 定焦镜头中找到，由此可见此镜其实是50mm 标准镜头的 "近亲"。

▲ 在卡口旁边备有橡胶边，对防尘及避免水滴进入机身起了很大的作用

▲ 镜身设有 SWM 超声波马达镜头才有的对焦拨杆，M/A 模式代表它的实时 MF 机能

▲ 位于镜头前部的对焦环还算宽大，可惜缺乏重要的对焦距离指示，不能进行手动测距对焦

▲ 若要在使用此镜头拍摄全画幅范围或得到最大像素，必须先关闭 "自动 DX" 裁切功能，再手动 "选择影像区域" 为 FX

▲ 在 D700 上使用此 DX 镜的 f/22 光圈及强制以 FX 格式范围拍摄，可见四角出现严重的暗角现象，但范围不多，即使在后期制作中裁去暗角，"可用面积" 仍非常大

▲ 若启动了 D700 的暗角控制功能及改用 f/4 光圈进行拍摄，四边的暗角现象明显改善很多

Nikon AF-S DX Nikkor 35mm f/1.8G 性能测试

测试器材

Nikon AF-S DX Nikkor 35mm f/1.8G

测试说明

参见专业镜头测试方法的详细说明

分辨率测试

经测试分析，此镜的分辨率维持在一个较高的水平，就算全开光圈，此镜的中央得分仍达 2155 LW/PH，而中央与边缘部分差距很少。

Imatest 分析结果

	f/1.8	f/2	f/2.8	f/4	f/5.6	f/8	f/11	f/16	f/22
中央	2155LW/PH	2118LW/PH	2286LW/PH	2290LW/PH	2273LW/PH	2251LW/PH	2151LW/PH	2021LW/PH	1763LW/PH
边缘	1904LW/PH	1865LW/PH	1932LW/PH	1971LW/PH	2090LW/PH	2079LW/PH	2014LW/PH	1918lLW/PH	1437LW/PH

四角失光测试

此镜的最大光圈失光问题不算严重，最高只有 1.58EV，如把光圈收至 f/4 后，问题基本得到解决。

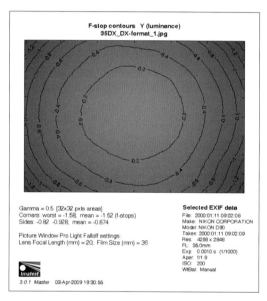

▲ Imatest 分析结果：1.52EV 平均失光量及 1.58EV 最大失光量

畸变控制测试

纵使运算后变成了 DX 的标准镜头，但骨子里仍属于"广角镜头"型，畸变控制算是正常，有轻微的桶形畸变。

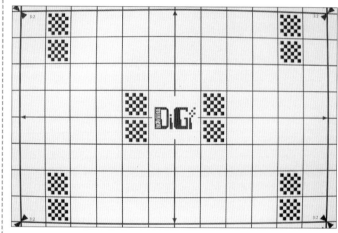

▲ 畸变问题：轻微的桶形畸变

Nikon AF-S DX Nikkor 35mm f/1.8G

卡口制式：Nikon F 卡口
支持画幅：APS-C 画幅
APS 格式上的相对焦距：52.5mm
镜片结构：6 组 8 片
对角线画面角度：44°
最大光圈：f/1.8
最小光圈：f/22
光圈叶片片数：7 片（圆形）
最近对焦距离：0.3m
放大倍率：0.16×
对焦系统类型：镜身 SWM 超声波马达
镜头防抖指数：不设
遮光罩：筒形（随镜头附送）
滤镜尺寸：52mm
直径：70mm
长度：52.5mm
重量：200g

编辑视点

虽然此 DX 镜在 FX 机身上造成"暗角"现象，不过也"几乎"可以填满整个画面。使用它的 f/4 光圈，再加上暗角控制，跟 FX 镜头没有两样。再者，售价没有太多的提升下，对焦和最大光圈都比老款 AF 35mm f/2D 进步了一些，对用户来说，绝对有吸引力。

Nikon AF-S DX Nikkor 35mm f/1.8G 拍摄示范

▲摄影：Stephen，拍摄数据：Nikon D3X，AF-S DX Nikkor 35mm f/1.8G，f/1.8，1/100s，ISO 200，自动白平衡，FX 区域，35mm 焦距

Nikon
全画幅标准镜头三兄弟

Nikon AF-S Nikkor 50mm f/1.4G

精彩看点

◆ SWM 宁静波动马达驱动　　◆ 可实时手动对焦
◆ 9 片圆形光圈叶片　　　　　◆ IF 内对焦设计

卡口制式：Nikon F 卡口　　　滤镜尺寸：58mm
支持画幅：135 全画幅　　　　体积：73.5×54mm
APS 格式上的相对焦距：75mm　重量：280g
镜片结构：7 组 8 片
对角线画面角度：46°
最大光圈：f/1.4
最小光圈：f/16
光圈叶片片数：9 片（圆形）
最近对焦距离：0.45m
放大倍率：0.75×
对焦系统类型：SWM 宁静波动马达
镜头防抖指数：不支持
遮光罩：筒形（随镜头附送）

Nikon AF Nikkor 50mm f/1.4D

精彩看点

◆ 机身传动 AF 系统　　　　　◆ 设有手动光圈环
◆ 支持全机械手动 Nikon 相机

卡口制式：NikonF 卡口　　　滤镜尺寸：52mm
支持画幅：135 全画幅　　　直径：64 5mm
APS 格式上的相对焦距：75mm　长度：42.5mm
镜片结构：6 组 7 片　　　　重量：230g
对角线画面角度：46°
最大光圈：f/1.4
最小光圈：f/16
光圈叶片片数：7 片
最近对焦距离：0.45m
放大倍率：0.15×
对焦系统类型：机身传动
镜头防抖指数：不支持
遮光罩：筒形（另购）

Nikon AF Nikkor 50mm f/1.8D

精彩看点

◆ 机身传动 AF 系统　　　　　◆ 设有手动光圈环
◆ 支持全机械手动 Nikon 相机　◆ Nikon 最便宜的全画幅
　　　　　　　　　　　　　　　　镜头

卡口制式：Nikon F 卡口　　　滤镜尺寸：52mm
支持画幅：135 全画幅　　　直径：63.5mm
APS 格式上的相对焦距：75mm　长度：39mm
镜片结构：5 组 6 片　　　　重量：155g
对角线画面角度：46°
最大光圈：f/1.8
最小光圈：f/22
光圈叶片片数：7 片
最近对焦距离：0.45m
放大倍率：0.15×
对焦系统类型：机身传动
镜头防抖指数：不支持
遮光罩：筒形（另购）

焦点在无限远　　　　　　　　　　　　焦点在 0.45m 最近对焦

▲ 左起 AF-S 50mm f/1. 4G、AF 50mm f/1.4D 及 AF50mm f/1.8D

Nikon AF-S Nikkor 50mm f/1.4G

全新设计　手感更佳

　　新版 AF-S 50mm f/1.4G 虽然跟旧版本 AF 50mm f/1.4D 同样使用双高斯结构（Double GaussType）光学设计，但镜片组合变成了 7 组 8 片，而且加上 SIC（Super Integrated Coating）超级综合镀膜，减少了镜片间的反射，增加了镜头的通光率，有效校正眩光和色彩失真。另一方面，改用了圆形光圈叶片，可令小光圈下焦外成像仍然感觉自然、形状圆浑。另外，新款镜头可让对焦时的整体延伸方式（Overall linear Extension）在镜筒内完成，镜头不会伸延，"新 G 镜"有更佳的密封性，设计上大举抛离有 14 年历史的老款 AF 50mm f/1.4D。

D5000 用户都想拥有的高速人像镜头

　　"G 镜"最大特点就是减去了手动光圈环设计，这意味着这支有着数码优化的镜头，在你家中历史悠久的机械胶片机上，无法如常使用。但其 SWM（SilentWave Motor）宁静波动马达技术，不但对焦比以往更快，少了老款"D 镜"在对焦时的"吱吱声"，而且支持实时手动对焦功能，不但方便，也更耐用。即使配合 D40、D40X、D60 及 D5000 这些没有机身 AF 马达的入门数码单反使用，不但一切操作正常，更可摇身一变成为相对焦距达 75mm 的大光圈中、长焦人像镜头。由 AF-S50mm f/1.4G 开始，今后，即使是入门用户，都不必担心没有高质量的定焦镜头使用。

▲ 全新 7 组 8 片的镜片设计，加上 SIC 综合镀膜帮助，大大提升在高像素数码单反上的表现

▲ 滤镜尺寸也放弃了 AIS 镜头时代已很常见的 52mm，变为新款镜头常见的 58mm

▲ 虽然在对焦时，镜片组会前后移动，但移动范围极短，加上前镜头组"深嵌"镜身之内，令对焦时镜筒不会伸长，防止沙尘进入

▲ 改用圆形光团叶设计后，中等光圈会更迷人。图为 f/5.6 时的光圈叶片情况

▲ 即使镜头处于 AF 模式，只要 AF 过程完结，就能随时再微调 MF 或更改效果，达到实时手动对焦效果

▲ 新增的 SWM 宁静波动马达令卡口上的接点增多了，但减去了老款镜头的对焦传动杆接口

Nikon AF-S Nikkor 50mm f/1.4D

经典标准镜头

　　Nikon AF-S Nikkor 50mm f/1.4D 的做工和质量都十分出色。金属镜身，外壳表层采用带有光泽的材料。手持时不吃力，手感很好。更难得的是，原厂的专用遮光罩同样是以金属材料制造，虽然要另购，但是超值。在光学设计上与新版 AF-S f/1.4G 一样，使用双高斯光学设计，简单的 6 组 7 片设计，没有加入特别的镀膜。但始终是很多年前的设计，此镜并未拥有防尘防水滴的设计，对焦时镜身微微伸出。耐用性虽然比 f/1.8D 高，但仍不及 f/1.4G 版。

▲ 从带有光泽的镜身设计和拥有景深尺的对焦距离窗看，已知道此镜的"年份"久远

▲ 在对焦至近身时，镜身要稍稍伸长

▲ 如要使用机身的 P 或 S 曝光模式，必须把镜尾的手动光圈环设定为最小的光圈值，翻机身会出现"FEE"的字样而且不能拍摄

▲ 因为是使用机身传动的 AF 系统，所以卡口上拥有 AF 传动杆，此镜的 AF 速度取决于配合机身的马达强弱

▲ 位于前端的手动对焦环使用硬质的扭环设计，虽然不滑，但长期用力按下去，会感到指头疲倦

▲ 在镜前端的滤镜螺纹，除了用来安装滤镜之外，原厂遮光罩也是从这里安装上去的

Nikon AF Nikkor 50mm f/1.8D

性价比之王

　　不要因此镜头是 Nikon 门下最经济实惠的全画幅镜头而小看它，在此后的测试中你会知道它与另外两支高价的 f/1.4D 和 f/1.4G 版本在性能上相差无几。你可能会问，为何还要选择那两支价高的版本呢？虽然此镜头很便宜，但也不是没有缺点。此镜头在 2002 年被"改造"再次推出，加入立体矩阵测光系统，变成现在的"D 镜"版本，更把上代的塑料卡口改为金属的。镜身方面，仍然选用较轻的材料。在手感上，明显感到它比 1.4D 版少了一点刚度。

▲ 它的前组镜片深深嵌在镜筒之内，除了加强防逆光效果，还暗示它有潜质造得更小

▲ 从镜尾可见，此镜的 f/1.8 虽然属于超大光圈，但对于 Nikon F 卡口来说，还留有相当多的空间

▲ 在手动对焦方面，镜前的手动对焦环虽设有防滑胶边，但宽度太窄。对焦时，镜身会伸长不少

▲ 与 f/1.4D 版本一样，如果要手动对焦，可在机身设定 MF 模式

▲ 为中国制造

▲ 不少买家都会为此镜另购一个美观一点的原厂不透明镜头盖，代替随镜头附送的透明盖

性能测试

测试器材

Nikon D3X+AF-S Nikkor 50mm f/1.4G+AF Nikkor
50mm f/1.4D+AF Nikkor 50mm f/1.8D

测试说明

参见专业镜头测试方法的详细说明

分辨率测试

如测试结果所示，三支镜头的分辨率表现非常接近，不同光圈的表现属于平均的类型。但意想不到的是，最高得分由价钱最便宜的 AF 50mm f/1.8D 得到，在 f/8 光圈的中央位置，创下 3361LW/PH 的高分。这个结果相信会令不少用户"大跌眼镜"。

Imatest 分析结果

AF-S Nikkor 50mm f/1.4G

	最大光圈	f/2	f/2.8	f/4	f/5.6	f/8	f/11	f/16	f/22
中央	2506LW/PH	2555LW/PH	2877LW/PH	2956LW/PH	2955LW/PH	3008LW/PH	3022LW/PH	2948LW/PH	（N/A）
边缘	1944LW/PH	2487LW/PH	2682LW/PH	2441LW/PH	2621LW/PH	2854LW/PH	2974LW/PH	2805LW/PH	（N/A）

AF Nikkor 50mm f/1.4D

	最大光圈	f/2	f/2.8	f/4	f/5.6	f/8	f/11	f/16	f/22
中央	2713LW/PH	2990LW/PH	3079LW/PH	2854LW/PH	3080LW/PH	3085LW/PH	3084LW/PH	2959LW/PH	（N/A）
边缘	2332LW/PH	2457LW/PH	2638LW/PH	2856LW/PH	2958LW/PH	3086LW/PH	3063LW/PH	2863LW/PH	（N/A）

AF Nikkor 50mm f/1.8D

	最大光圈	f/2	f/2.8	f/4	f/5.6	f/8	f/11	f/16	f/22
中央	2731LW/PH	2937LW/PH	3295LW/PH	3273LW/PH	3294LW/PH	3361LW/PH	3198LW/PH	2783LW/PH	2521LW/PH
边缘	2415LW/PH	2487LW/PH	2810LW/PH	2880LW/PH	3065LW/PH	3157LW/PH	2956LW/PH	2559LW/PH	2441LW/PH

四角失光测试

两支 f/1.4 最大光圈镜头在进行失光测试时，表现出相差无几的抑制能力。在最大光圈 f/1.4 时只有约 2.7EV 的失光，稍微收缩光圈至 f/2.8，暗角几乎不见了，AF Nikkor 50mm 1.8D 因最大光圈稍小半级，所以在失光测试中，问题比较轻微，最大光圈平均只有 1.87EV 的失光，到 f/2.8 后，和另外两支 1.4 版本效果相差无几。在众多相同类型的镜头中，3 支镜头的失光情况可算是正常。

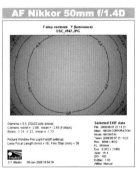

1. Imatest 分析结果：2.7EV 平均失光量及 3.11EV 最大失光量
2. Imatest 分析结果：2.65EV 平均失光量及 3.98EV 最大失光量
3. Imatest 分析结果：1.87EV 平均失光量及 2.26EV 最大失光量

畸变控制测试

从测试片中可以看出，这三支镜头在畸变控制的表现上十分相近，没有大的差别。三幅影像中都出现轻微的桶形畸变。对于常用标准镜头的拍摄室内设计来说，可放心使用此三镜头配以 FX 全画幅机身拍摄。

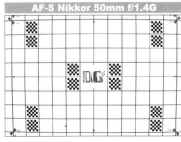
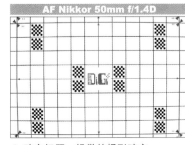

▲ 畸变问题：轻微的桶形畸变　　　▲ 畸变问题：轻微的桶形畸变　　　▲ 畸变问题：轻微的桶形畸变

Nikon AF-S Nikkor 50mm f/1.4G 拍摄示范

◀摄影：Sam，拍摄数据：Nikon D90，AF-S Nikkor 50mm f/1.4G，f/1.4，1/60s，ISO 200，自动白平衡，50mm 焦距（75mm 相对焦距）

Nikon AF Nikkor 50mm f/1.8D 拍摄示范

▲摄影：Sam，拍摄数据：Nikon D90，AF Nikkor 50mm f/1.8D，f/1.8，1/350s，ISO 200，自动白平衡，50mm 焦距（75mm 相对焦距）

Nikon AF Nikkor 50mm f/1.4D 拍摄示范

▲摄影：Sam，拍摄数据：Nikon D700，AF Nikkor 50mm f/1.4D，f/11，1/125s，ISO 200，自动白平衡，50mm 焦距

编辑视点

　　目前，共有 3 款 Nikon 50mm 标准镜头在市场销售，分别是 AF-S 50mm f/1.4G、AF 50mm f/1.4D 及 AF 50mm f/1.8D。如何选择呢？这个论题在网上吵得很热闹，各有各的见解，各有各的立场。笔者建议，如果同时拥有 FX 数码机身及入门级 DX 机身，如 D5000 或同级机型的用户，拥有 SWM 超声波马达的 f/1.4G 当然是首选，因为两类机身都可以用上，而且 AF 速度相差无几。但若是老用户，拥有最新 FX 数码机身，但也不时拿回一部 FM2T 经典全手动机械胶片相机，一同出外拍摄的话，新版的 f/1.4G 因失去了光圈环，在机械机上只能以最小光圈拍摄，不实用。若使用的是 D700、D3 或 D3X 等强劲机身，凭机身内置的 AF 马达，可以高速驱动 0f/1.4D 版和 f/1.8D 版的轻巧镜头组，除了声音，你未必会在意它们与 SWM 马达的对焦效果的差别。那么到底选择 f/1.4D 和 f/1.8D，还要看你的财力和你究竟想把它当成一支主力镜头还是备用镜头了。

微距大革新
Nikon

AF-S Micro-Nikkor
60mm f/2.8G ED

精彩看点

◆ 支持全画幅机身
◆ 全画幅格式上的效果：中焦
◆ APS 格式上的效果：中焦
◆ SWM 宁静波动马达驱动
◆ 可实时手动对焦
◆ 18.5cm 最近对焦、全画幅机上 1:1 放大倍率
◆ 近距离拍摄自动光圈补偿失光
◆ 9 片圆形光圈叶片
◆ IF 内对焦设计
◆ 常用拍摄题材：人像、生态、花卉、微距、商品

成像锐利

　　AF Micro Nikkor 60mm f/2.8D 与新款镜头名字很近似，但差之毫厘，足以谬以千里。单看对焦表现，新镜不单拥有 SWM 宁静波动马达，能快速度地由无限远变到最近的 0.185 m 对焦位置，而且不论在任何对焦距离镜身也不会延伸，大大提高了方便性。新增的 ED 镜片及 NC 镀膜，减低微距镜头常遇的光学色散问题，也令电子感光元件的高反光问题，得到彻底解决，使"鬼影"和"眩光"程度变得极轻微。后面的分辨率测试中，已透露出新镜头的威力。

自动零阻力

　　镜头系列的名字也由之前的"D"转变成现在的"G"。除了代表着取消了光圈环外，规格上也有不少改变，新款镜头科技更高。例如，圆形光圈叶片设计，对于经常使用较小光圈仍想拥有焦外成像的微距拍摄，最为实用。高速 SWM 马达、不伸长的 IF 内对焦及自动近距离暗角补偿功能，令 Nikon 的微距 Micro 镜头堪称业界最强镜头，是用户最喜欢的镜头。唯一遗憾的是,此新款 60mm 镜头无法像"师兄"Micro 105mm f/2.8G VR 般内置防抖系统。

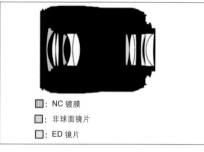

□ NC 镀膜
□ 非球面镜片
□ ED 镜片

▲ 在 9 组 12 片的镜片设计中，NC 纳米镀膜设于镜尾部分

AF-S
60mm f/2.8G　　AF 60mm f/2.8D

▲ 新款镜头即使在最近对焦位置，也不会伸长。上代的在最近对焦位置会伸长不少，而且镜筒内壁呈花形设计

▲ 对焦环设于镜首，宽大易用

▲ 新款镜头在入门级数码单反上不单只可以 AF 自如，而且相对焦距增长 90mm，加上 f/2.8 光圈，大可当成人像镜头使用

▲ 要在 D3 上得到 1:1 放大倍率，便要在最近对焦位置，即 0.18m 拍摄

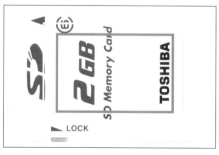

▲ 全画幅上的 1:1 是多大？和常见的 SD 卡相差无几。如果在 D300 上使用，放大倍率会变大（红框范围内）

Nikon AF-S Micro Nikkor 60mm f/2.8G ED 性能测试

测试器材

Nikon D3+ Nikon AF-S Micro Nikkor 60mm f/2.8G ED

测试说明

参见专业镜头测试方法的详细说明

分辨率测试

通过分析数据我们可以得知，此镜头的大光圈中央位置接近 2000LW/PH 得分，分辨率不错；在最小光圈 f/32 时，虽然得分比大光圈时低，但也有近 1700LW/PH 的水平，在 f/32 的表现不俗。

Imatest 分析结果

	（N/A）	f/2.8	f/4	f/5.6	f/11	f/16	f/22	f/32
中央	1931 LW/PH	1974 LW/PH	2029 LW/PH	2057 LW/PH	2009LW/PH	7946LW/PH	1867 LW/PH	1746LW/PH
边缘	1804 LW/PH	1846 LW/PH	1940 LW/PH	1959 LW/PH	1953LW/PH	1758LW/PH	1677LW/PH	1658LW/PH

四角失光测试

这支镜头具有优异的暗角抑制能力。最大光圈时只介乎 –1EV 的失光。若把光圈收小两极至 f/5.6，差不多完全解决暗角的问题。

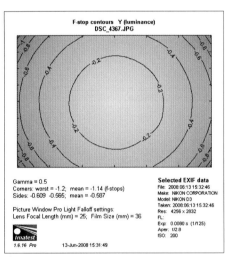

▲ Imatest 分析结果：1.14EV 平均失光量及 1.2EV 最大失光量

畸变控制测试

从测试图片中看出，此镜有着出色的线条效果，没有明显的畸变问题。无论拍摄人像以及拍摄室内设计图片，效果不错。

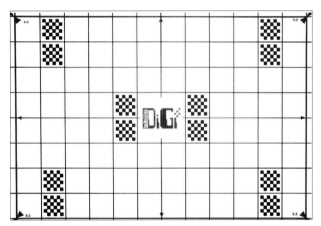

▲ 畸变问题：不明显

Nikon AF-S Micro Nikkor 60mm f/2.8G ED

卡口制式：Nikon F 卡口
支持画幅：135 全画幅
APS 格式上的相对焦距：90mm
镜片结构：9 组 12 片
对角缐画面角度：39°40'
最大光圈：f/2.8
最小光圈：f/32
光圈叶片片数：9 片（圆形）
最近对焦距离：0.85m
放大倍率：1×
对焦系统类型：镜身 SWM 宁静波动马达
镜头防抖指数：不设
遮光罩：筒形（随镜头附送）
滤镜尺寸：62mm
直径：73mm
长度：89mm
重量：425g

编辑视点

试用新款镜头后，你会觉得它很好用。使用自动对焦时，速度快捷得简直难以形容，分辨率也有目共睹，大光圈焦外成像效果不错。作为一支微距镜头，在 DX 机身上兼顾拍摄人像，性能不错。虽然价格较高，但它的轻便和实用，能吸引不少用户购买。

▲摄影：Chloe，拍摄数据：Nikon D300，AF-S Micro Nikkor 60mm f/2.8G ED，Speedlight R1C1 闪光灯套装，f/11，1/125s，ISO 400，自定义白平衡，60mm 焦距（90mm 相对焦距）

Nikon镜头规格表

型号	支持画幅	最小光圈（f/）	最近对焦距离（m）	AF 系统	防抖系统	滤镜尺寸（mm）	直径（mm）	长度（mm）	重量（g）
定焦镜系列									
AF Nikkor ED 14mm f/2.8D	135 全画幅	22	0.2	机身传动	无	不设滤镜加装	87	86.5	670
AF f/isheye-Nikkor 16mm f/2.8D	135 全画幅	22	0.25	机身传动	无	不设滤镜加装	63	57	290
AF Nikkor 20mm f/2.8D	135 全画幅	22	0.25	机身传动	无	62	69	42.5	270
AF Nikkor 24mm f/2.8D	135 全画幅	22	0.3	机身传动	无	52	64.5	46	270
AF Nikkor 28mm f/2.8D	135 全画幅	22	0.25	机身传动	无	52	65	44.5	205
AF Nikkor 35mm f/2D	135 全画幅	22	0.25	机身传动	无	52	64.5	43	205
AF Nikkor 50mm f/1.4D	135 全画幅	16	0.45	机身传动	无	52	64.5	42.5	230
AF-S Nikkor 50mm f/1.4G	135 全画幅	16	0.45	宁静波动马达	无	58	73.5	54	280
AF Nikkor 50mm f/1.8D	135 全画幅	22	0.45	机身传动	无	52	63.5	39	155
AF Nikkor 85mm f/1.4D（IF）	135 全画幅	16	0.85	机身传动	无	77	80	72.5	550
AF Nikkor 85mm f/1.8D	135 全画幅	16	0.85	机身传动	无	62	71.5	58.5	380
AF Nikkor ED 180mm f/2.8D（IF）	135 全画幅	22	1.5	机身传动	无	72	78.5	144	760
AF-S VR Nikkor ED 200mm f/2G（IF）	135 全画幅	22	1.9	镜身宁静波动马达	无	后置插片式 52mm	124	203	2900
AF-S VR Nikkor ED 300mm f/2.8G（IF）	135 全画幅	22	2.3	镜身宁静波动马达	无	后置插片式 52mm	124	267.5	2870
AF-S Nikkor ED 300mm f/4D（IF）	135 全画幅	32	1.45	镜身宁静波动马达	无	77	90	222.5	1440
AF-S Nikkor 400mm f/2.8G ED VR	135 全画幅	22	2.8	镜身宁静波动马达	有	后置插片式 52mm	59.5	368	4620
AF-S Nikkor 500mm f/4G ED VR	135 全画幅	22	3.85	镜身宁静波动马达	有	后置插片式 52mm	139.5	391	3880
AF-S Nikkor 600mm f/4G ED VR	135 全画幅	22	4.8	镜身宁静波动马达	有	后置插片式 52mm	166	445	5060
AF DX f/isheye-Nikkor ED 10.5mmF2.8G	APS-C	22	0.14	机身传动	无	不设滤镜加装	63	62.5	305
AF-S DX Nikkor 35mm f/1.8G	APS-C	22	0.3	镜身宁静波动马达	无	52	70	52.5	200
变焦镜系列									
AF-S Nikkor 14-24mm f/2.8G ED	135 全画幅	22	0.28	镜身宁静波动马达	无	不设滤镜加装	98	131.5	1000
AF-S Nikkor ED 17-35mm f/2.8D（IF）	135 全画幅	22	0.28	镜身宁静波动马达	无	77	82.5	106	745
AF Nikkor ED 18-35mm f/3.5-4.5D（IF）	135 全画幅	22	0.33	机身传动	无	77	82.5	82.5	370
AF-S Nikkor 24-70mm f/2.8G ED	135 全画幅	22	0.38	镜身宁静波动马达	无	77	83	133	900
AF Nikkor 24-85mm f/2.8-4D（IF）	135 全画幅	22	0.5	机身传动	无	72	78.5	82.5	545
AF-S VR Nikkor ED 24-120mm f/3.5-5.6G（IF）	135 全画幅	22	0.5	镜身宁静波动马达	有	72	77	94	575
AF-S VR Nikkor ED 70-200mm f/2.8G（IF）	135 全画幅	22	1.4	镜身宁静波动马达	有	77	87	215	1470
AF-S VR Nikkor ED 70-300mm f/4.5-5.6G（IF）	135 全画幅	32-40	1.5	镜身宁静波动马达	有	67	80	143.5	745
AF Nikkor 70-300mm f/4-5.6G	135 全画幅	32	1.5	机身传动	无	62	74	116.5	425
AF Nikkor ED 80-200mm f/2.8D	135 全画幅	22	1.5	机身传动	无	77	87	187	1300
AF VR Nikkor ED 80-400mm f/4.5-5.6D	135 全画幅	32	2.3	机身传动	有	77	91	171	1360
AF-S VR Nikkor ED 200-400mmF4G(IF)	135 全画幅	32	2	镜身宁静波动马达	有	后置插片式 52mm	124	365	3275
AF-S DX Nikkor 10-24mm f/3.5-4.5G ED	APS-C	22-29	0.24	镜身宁静波动马达	无	77	82.5	87	460
AF-S DX Nikkor ED 12-24mm f/4G（IF）	APS-C	22	0.3	镜身宁静波动马达	无	77	82.5	90	465
AF-S DX Nikkor ED 17-55mm f/2.8G（IF）	APS-C	22	0.36	镜身宁静波动马达	无	77	85.5	110.5	755
AF-S DX Nikkor 16-85mm f/3.5-5.6G ED VR	APS-C	22-36	0.38	镜身宁静波动马达	有	67	72	85	485
AF-S DX Nikkor ED 18-55mm f/3.5-5.6G	APS-C	22-38	0.28	镜身宁静波动马达	无	52	69	74	210
AF-S DX Nikkor ED 18-55mm f/3.5-5.6G II	APS-C	22-38	0.28	镜身宁静波动马达	无	52	70.5	74	205
AF-S DX Nikkor 18-55mm f/3.5-5.6G VR	APS-C	22-36	0.28	镜身宁静波动马达	有	52	73	79	265
AF-S DX Nikkor ED 18-70mm f/3.5-4.5G（IF）	APS-C	22-29	0.38	镜身宁静波动马达	无	67	73	75.5	390
AF-S DX Nikkor 18-105mm f/3.5-5.6G ED VR	APS-C	22-38	0.45	镜身宁静波动马达	有	67	76	89	420
AF-S DX Nikkor ED 18-135mm f/3.5-5.6G（IF）	APS-C	22-38	0.45	镜身宁静波动马达	无	67	73.5	86.5	385
AF-S DX VR Nikkor ED 18-200mm f/3.5-5.6G（IF）	APS-C	22-36	0.5	镜身宁静波动马达	有	72	77	96.5	560
AF-S DX Nikkor ED 55-200mm f/4-5.6G	APS-C	22-32	0.95	镜身宁静波动马达	无	52	68	79	255
AF-S DX VR Nikkor ED 55-200mm f/4-5.6G（IF）	APS-C	22-32	1.1	镜身宁静波动马达	有	52	73	95.5	335
特别功能镜头系列									
AF Micro-Nikkor 60mm f/2.8D	135 全画幅	32	0.219	机身传动	无	62	70	74.5	440
AF-S Micro Nikkor 60mm f/2.8G ED	135 全画幅	32	0.185	机身传动	无	62	73	89	425
AF DC-Nikkor 105mm f/2D	135 全画幅	16	0.9	机身传动	无	72	79	111	640
AF-S VR Micro-Nikkor ED 105mm f/2.8G（IF）	135 全画幅	32	0.315	机身传动	有	62	83	116	790
AF Micro-Nikkor ED 200mm f/4D（IF）	135 全画幅	32	0.5	机身传动	无	62	760	193	1190
PC-E Nikkor 24mm f/3.5D ED	135 全画幅	32	0.21	手动对焦	无	77	82.5	108	730
PC-E Micro Nikkor 45mm f/2.8D ED	135 全画幅	32	0.253	手动对焦	无	77	82.5	112	740
PC-E Micro Nikkor 85mm f/2.8D	135 全画幅	32	0.39	手动对焦	无	77	83.5	107	635
AF DC-Nikkor 135mm f/2D	135 全画幅	16	1.1	机身传动	无	72	79	120	815

轻盈超广角镜头
Olympus
ZUIKO DIGITAL ED
9-18mm f/4-5.6

精彩看点

◆ 支持 4/3 系统机身
◆ 4/3 系统上的效果：超广角至广角
◆ 超轻巧 275g 重量
◆ 7 片圆形光圈叶片
◆ 常用拍摄题材：纪实、风景、生活、建筑

构造非凡 轻巧短小

　　能实现轻巧短小外形，全靠非凡的 9 组 13 片镜片结构，其中配备了 1 枚 DSA 双面非球面镜片。它的外侧及内侧面积相差很大，不单替代了一般超广角镜头所用的 3 枚镜片，也同时缩减了正常超广角镜头最外层面积很大的镜片，使此镜能拥有超广角焦距的同时，又能达到轻巧的目的。对于喜爱到国外旅游、摄影的用户，它超轻巧的特性，必定成为背包客、旅友的必备之物。

小巧轻便 机动性高

　　虽然此镜并没有使用 SWD 超声波驱动，但它的镜头组属于小型轻巧设计，对焦时的活动性也很强。手动变焦时，只需转动 45°便能由 9mm 扭至 18mm。在手动对焦时，最大转动幅度也只有 60°，很小的动作就能完成变焦对焦等操作，突显出它的灵活性。此镜只有 7-14mm f/2 的一半重量。如果搭配拥有 I.S 机身防抖功能的 E-520、E-620 这两部轻巧的 4/3 机身使用的话，即使携带长、中、短三支镜头出外旅游，也不会觉得辛苦。

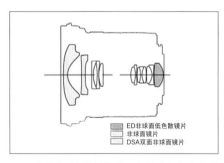

▲ 只有 9 组 13 片的镜片，也能造出超广角的焦段

▲ 从近距离观看，可看见 DSA 双面超级非球面镜片的形状

▲ 它的体积比一包 250ml 的纸包饮品还要小

▲ 它的最近拍摄距离是 25cm，在相对焦距为 18-35mm 的同类型镜头中算是很近的

▲ 极短的变焦行程，加强了它的灵活性

▲ 它搭配的莲花型遮光罩，减少超广角镜头常遇到的逆光问题

Olympus ZUIKO DIGITAL ED 9-18mm f/4-5.6 性能测试

测试器材

Olympus ZUIKO DIGITAL ED 9-18mm f/4-5.6

测试说明

参见专业镜头测试方法的详细说明

分辨率测试

　　由测试可见此镜的分辨率表现属于中等水平，中央与边缘的得分都十分相近。不论在广角端还是在长焦端的得分都相当平衡。从轻便角度及旅游用途，作为一支随身镜头来说都是一个不错的选择。

Imatest 分析结果

	最大光圈	f/5.6	f/8	f/11	f/16	f/22
9mm						
中央	1974LW/PH（f/4）	1851LW/PH	1698LW/PH	1705LW/PH	1582LW/PH	1400LW/PH
边缘	1769LW/PH（f/4）	1795LW/PH	1761LW/PH	1687LW/PH	1513LW/PH	1170LW/PH
11mm						
中央	1921LW/PH（f/4.2）	1834LW/PH	1679LW/PH	1669LW/PH	1578LW/PH	1445LW/PH
边缘	1665LW/PH（f/4.2）	1651LW/PH	1651LW/PH	1635LW/PH	1536LW/PH	1199LW/PH
14mm						
中央	1874LW/PH（f/4.8）	1886LW/PH	1753LW/PH	1649LW/PH	1589LW/PH	1440LW/PH
边缘	1766LW/PH（f/4.8）	1756LW/PH	1699LW/PH	1615LW/PH	1498LW/PH	1207LW/PH
18mm						
中央	1841LW/PH（f/5.6）		1747LW/PH	1663LW/PH	1539LW/PH	1235LW/PH
边缘	1645LW/PH（f/5.6）		1675LW/PH	1632LW/PH	1510LW/PH	1165LW/PH

四角失光测试

　　此镜头的失光现象可算是十分轻微，最高只有约半级失光。只要把光圈收缩一级，已有明显改善。加上 4/3 系统的景深较大的特性，拍摄风景照片时让你更加如虎添翼。

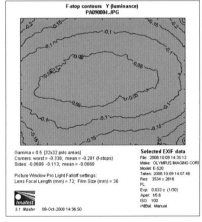

9mm、f/4mm

▲ Imatest 分析结果：
0.435EV 平均失光量及 0.493EV 最大失光量

18mm、f/5.6

▲ Imatest 分析结果：
0.281EV 平均失光量及 0.336EV 最大失光量

畸变控制测试

　　从测试结果可知，此镜在 9mm 时只看到轻微的桶形畸变，11mm ～ 14mm 的畸变问题有所好转，到了 18mm 差不多没有出现畸变现象，可见此超广角镜头的畸变控制能力不错。

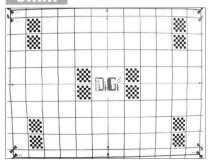

9mm

▲ 畸变问题：轻微桶形畸变

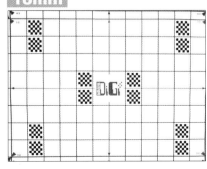

18mm

▲ 畸变问题：不明显

Olympus ZUIKO DIGITAL ED 9-18mm f/4-5.6 拍摄示范

▲ 摄影：Sam，拍摄数据：Olympus E-520，Olympus ZUIKO DIGITAL ED 9-18mm f/4-5.6，f/8，8s，ISO100，自动白平衡，12mm 焦距（24mm 相对焦距）

Olympus ZUIKO DIGITAL ED 9-18mm f/4-5.6

卡口制式：4/3 系统卡口
支持画幅：4/3 系统画幅
相对焦距：78.36mm
镜片结构：9 组 13 片
对角线画面角度：100°
最大光圈：f/4-5.6
最小光圈：f/22
光圈叶片片数：7 片（圆形）
最近对焦距离：0.25m
放大倍率：0.12×
对焦系统类型：镜身小型马达
镜头防抖指数：机身内置
滤光罩：花瓣形（随镜头附送）
滤镜尺寸：72mm
直径：79.5mm
长度：73mm
重量：275g

编辑视点

这支超广角变焦镜头的出现，明显为使用 4/3 系统的女性用户带来大好消息。同时拥有超广角效果、轻巧、高机动性、十分值得女性用户购买。虽然分辨率一般，但对畸变控制十分理想，尤其适合喜爱拍摄大型建筑的旅友使用。

极速对焦
Olympus
ZUIKO DIGITAL ED
12-60mm f/2.8-4.0 SWD

精彩看点

- ◆ 支持 4/3 系统机身
- ◆ 4/3 系统上的效果：广角至中焦
- ◆ 5 倍光学变焦
- ◆ SWD 超声波驱动 AF 系统
- ◆ 可实时手动对焦
- ◆ 7 片圆形光圈叶片
- ◆ IF 内对焦设计
- ◆ 适用拍摄题材：纪实、人像、风景、生活、旅游

慢工出细活儿

此镜乃 Olympus 的首支 SWD（Super sonic WaveDrive）超声波驱动镜头，诞生于 2007 年 11 月，与机皇 E-3 一同发布。除此之外，首批 SWD 的镜头中还有两支，分别是 ZD ED 14-35mm f/2 SWD 及 ZD ED 50-200mm f/2.8-3.5 SWD，但因产能问题，展示 SWD 效能的重任一直都交给了这支镜头，并维持了差不多半年时间。此镜头不负所望，配合 E-3 的 11 点双十字 AF 系统上，刷新了世界最快的对焦纪录。戏剧性地把 4/3 系统的弱点都改善过来，SWD 马达的对焦速度之快确实叫人眼前一亮。

多功能标准镜头

除了印有显眼的 SWD 字样外，此镜的相对焦距为实用非常的 24-120mm，5 倍的变焦力能够兼顾极多拍摄题材。而且它具备了优秀的近距离拍摄能力，只有 25cm，提供 0.28× 的放大倍率，拍花拍人拍景都适合，是追求高画质的使用 4/3 系统旅友的首选。此外此镜在使用了 1 枚 Super ED 镜片、2 枚 ED 镜片、7 枚非球面 ED 镜片及 2 枚非球面镜片。在色散、光斑及边缘畸变控制问题上取得了很好的效果。加上承袭了老前辈 ZD 的防尘防滴设计，耐用程度毋庸置疑。

▲ 此镜头内置的 SWD 超声波马达驱动组件是 Olympus 第一次量产应用的型号

▲ 不论是对焦环（前）或变焦环（后）都比较宽，使用时手感不错

▲ 镜尾设有防尘防滴的胶边

▲ 前组镜片泛起紫红色的镀膜

▲ 要想得到世界最快的 AF 效果，需要一部机皇 E-3 来配合

▲ 比较镜头在 12mm 广角端时的长度，在 60mm 远望端时，镜头伸长接近一倍

Olympus ZUIKO DIGITAL ED 12-60mm f/2.8-4.0 SWD 性能测试

测试器材

Olympus E-3+ Olympus ZUIKO DIGITAL ED 12-60mm
f/2.8-4.0 SWD

测试说明

参见专业镜头测试方法的详细说明

分辨率测试

从数据上看，次镜头的分辨率不错，镜头中央平均值达到 2000LW/PH，令人惊喜的是，边缘位置平均也只有 400LW/PH 的落差，而且在 2.8 时大光圈时表现稳定。

Imatest 分析结果

	最大光圈	f/4	f/5.6	f/8	f/11	f/16
12mm						
中央	1656LW/PH(f/2.8)	1810LW/PH	1916LW/PH	1968LW/PH	1834LW/PH	1750LW/PH
边缘	1435LW/PH(f/2.8)	1521LW/PH	1665LW/PH	1784LW/PH	1620LW/PH	1638LW/PH
24mm						
中央	1950LW/PH(f/3.4)	2007LW/PH	2046LW/PH	2041LW/PH	1882LW/PH	1732LW/PH
边缘	1489LW/PH(f/3.4)	1591LW/PH	1603LW/PH	1732LW/PH	1794LW/PH	1649LW/PH
35mm						
中央	1922LW/PH(f/3.7)	2077LW/PH	2154LW/PH	2104LW/PH	1958LW/PH	1862LW/PH
边缘	1450LW/PH(f/3.7)	1687LW/PH	1729LW/PH	1864LW/PH	1678LW/PH	1682LW/PH
60mm						
中央	1873LW/PH(f/4)		1980LW/PH	1964LW/PH	1840LW/PH	1701LW/PH
边缘	1399LW/PH(f/4)		1649LW/PH	1726LW/PH	1633LW/PH	1571LW/PH

四角失光测试

此镜头的广角端明显比长焦端有的暗角现象严重得多，最高达 3.24EV。但以它的高变焦特性来看，失光抑制效果一般也情有可原。

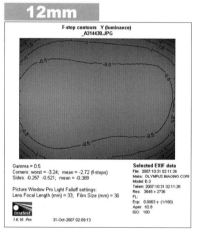

▲ Imatest 分析结果：
2.72EV 平均失光量及 3.24EV 最大失光量

▲ Imatest 分析结果：
0.784EV 平均失光量及 0.95EV 最大失光量

畸变控制测试

镜头在 60mm 长焦端的表现非常不错，但在 12mm 广角端则出现明显的桶形畸变，这大概是高倍变焦广角镜头的通病吧。

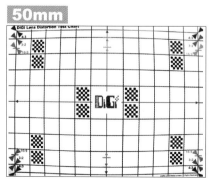
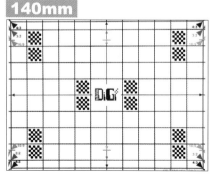

▲ 畸变问题：明显桶形畸变

▲ 畸变问题：不明显

Olympus ZUIKO DIGITAL ED 12-60mm f/2.8-4.0 SWD

卡口制式：4/3 系统卡口
支持画幅：4/3 系统画幅
相对焦距：24mm～120mm
镜片结构：10 组 14 片
对角线画面角度：84°～20°
最大光圈：f/2.8-4.0
最小光圈：f/22
光圈叶片片数：7 片（圆形）
最近对焦距离：0.25m
放大倍率：0.28×
对焦系统类型：镜身 SWD 超声波马达
镜头防抖指数：机身内置
遮光罩：花瓣形（随镜头附送）
滤镜尺寸：72mm
直径：79.5mm
长度：98.5mm
重量：575g

Olympus ZUIKO DIGITAL ED 12-60mm f/2.8-4.0 SWD 拍摄示范

▲摄影：Vic，拍摄数据：Olympus E-3，ZUIKO DIGITAL ED 12-60mm f/2.8-4.0 SWD，f/8，1/320s，ISO 100，自动白平衡，12mm 焦距（24mm 相对焦距）

编辑视点

　　此镜头覆盖盖常用焦距范围，而且成像优秀，它是 Olympus 第一支备有 SWD 超声波驱动的镜头。但与镜头相比，ZDED 12-60mm SWD 虽然成像优异一些，但光圈上还差一点镜皇的气势，而售价已比 ZD 14-54mm 高出一倍。幸好它的高速对焦成了重要的杀手锏。

4/3饼干镜头激薄现身
Olympus
ZUIKO DIGITAL ED 25mm f/2.8

精彩看点

- ◆ 支持 4/3 系统画幅机身
- ◆ 4/3 系统上的效果：标准
- ◆ 95g 超轻量及 23.5mm 超纤薄设计
- ◆ 对应自动对焦功能
- ◆ 7 片圆形光圈叶片
- ◆ 常用拍摄题材：纪实、人像、风景、生活、旅游

4/3 系统第一支饼干镜头

4/3 系统最大特色就是可以比 135 全画幅和 APS 画幅的数码单反造得小很多。在 2007 年推出的 E-470 和蓝圈 ZD 14-42mm 一时成为佳话，但想不到在 2008 年推出的 E-420 及此标准饼干镜头，能再下一城。此镜头前身很大可能是多年前的 Zuiko AUTO 40mm f/2，都是饼干镜头的外型，但体积没有现在小巧。经过工程师们为镜头进行瘦身，ZD 25mm f/2.8 轰动亮相，仅重 95g 及 23.5mm 的厚度，再次向世界展示 4/3 系统的优异性。一改数码单反笨重的印象，成功吸纳了不少追求高画质及便携性的用户。其中女性用户更占了重要部分。

瘦身

一支标准定焦镜头要造到仿如无物的大小，需要克服多个重大难题，由于 4/3 系统镜头都是使用镜身对焦马达驱动，意味着 Olympus 的工程师需要重新设计内的对焦模组，才能省下及腾出更多的空间。光学结构也要因应占较小空间，采用高质量的非球面镜片来解决像差问题。当纤薄的 ZUIKO DIGITAL ED 25mm f/2.8 接上 Olympus 4/3 系统机身后，不但力压同级数码单反，一些便携相机都觉得岌岌可危，Olympus 此仗可谓上下通杀！

▲ 即使对焦只最近的 20cm，镜身都只是微微伸出，非常薄纤

▲ 此镜头为中国制造

▲ 简单而有效的镜片设计，在最后一片采用非球面镜片

▲ 此镜的手动对焦环十分细小，不易转动，而且它的 MF 系统是使用感应器引发马达驱动镜头组，如果没有装在启动电源的机身，是无法对焦的。若今后有仿便携相机的变焦的机身对焦控制器，反而适合此镜使用

▲ 作为一支标准镜头，能最近对焦 20cm，达到 0.19X 的放大倍率。已是十分出色

▲ 平时拿便携相机的持机姿势，反而适合这个数码单反镜头使用

Olympus ZUIKO DIGITAL ED 25mm f/2.8 性能测试

测试器材

Olympus ZUIKO DIGITAL ED 25mm f/2.8

测试说明

参见专业镜头测试方法的详细说明

分辨率测试

从测试所得，此镜在光圈全开情况下达到1857LW/PH，边缘位置得分差距不大，而且情况得以保持，表现和镜身较厚的定焦镜头相当。

Imatest 分析结果

	f/2.8	f/4	f/5.6	f/8	f/11	f/16	f/22
中央	1857LW/PH	1966LW/PH	1973LW/PH	1910LW/PH	1761LW/PH	1646LW/PH	1438LW/PH
边缘	1835LW/PH	1899LW/PH	1903LW/PH	1856LW/PH	1803LW/PH	1647LW/PH	1492LW/PH

四角失光测试

此镜在失光控制上表现不错，平均失光量只有难以察觉的0.387EV。对于阴暗环境，分辨率和失光抑制都完全支持全开光圈拍摄。

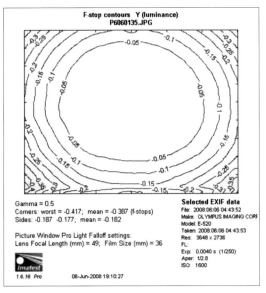

▲ Imatest 分析结果：0.387EV 平均失光量及 0.417EV 最大失光量

畸变控制测试

此镜头的体积缩小提高了光学设计的难度，无法完全修正像差及畸变问题，故从测试中能看到明显的桶形畸变。

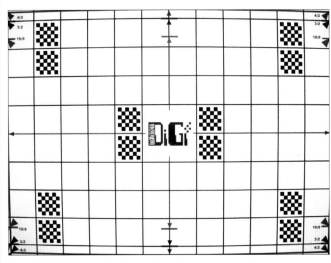

▲ 畸变问题：轻微的桶形畸变

Olympus ZUIKO DIGITAL 25mm f/2.8

卡口制式：4/3 系统卡口
支持画幅：4/3 系统画幅
相对焦距：50mm
镜片结构：4 组 5 片
对角线画面角度：47°
最大光圈：f/2.8
最小光圈：f/22
光圈叶片片数：7 片（圆形）
最近对焦距离：0.2m
放大倍率：0.19×
对焦系统类型：镜身小型马达
镜头防抖指数：机身内置
遮光罩：筒形（另购）
滤镜尺寸：43mm
直径：64mm
长度：23.5mm
重量：95g

编辑视点

笔者对此镜头的诞生很感兴趣，除了进一步实现Olympus 4/3 系统的高便携性特点外，低廉的售价也颇具吸引力。不少朋友都纷纷表示对 E-420 配以此镜头的组合感兴趣，可见轻巧数码单反确实有一定的市场。

Olympus ZUIKO DIGITAL ED 25mm f/2.8 拍摄示范

▲摄影：Vic，拍摄数据：Olympus E-420，ZUIKO DIGITAL 25mm f/2.8，f/13，1/100s，ISO 100，自定义白平衡，25mm 焦距（50mm 相对焦距）

Olympus镜头规格表

型号	支持画幅	最小光圈（f/）	最近对焦距离（m）	AF 系统	防抖系统	滤镜尺寸（mm）	直径（mm）	长度（mm）	重量（g）
定焦镜系列									
ZUIKO DIGITAL ED 8mm f/3.5 Fisheye	4/3 系统	22	0.135	镜身小型马达	机身内置	不设滤镜加装	79	77	485
ZUIKO DIGITAL 25mm f/2.8	4/3 系统	22	0.2	镜身小型马达	机身内置	43	64	23.5	95
ZUIKO DIGITAL ED 150mm f/2.0	4/3 系统	22	1.4	镜身小型马达	机身内置	82	100	150	1465
ZUIKO DIGITAL ED 300mm f/2.8	4/3 系统	22	2.4	镜身小型马达	机身内置	前置 112mm 后置插片式 43mm	127	285	3290
变焦镜系列									
ZUIKO DIGITAL ED 7-14mm f/4.0	4/3 系统	22	0.25	镜身小型马达	机身内置	不设滤镜加装	80.5	119.5	780
ZUIKO DIGITAL ED 9-18mm f/4.0-5.6	4/3 系统	22	0.25	镜身小型马达	机身内置	72	79.5	73	275
ZUIKO DIGITAL 11-22mm f/2.8-3.5	4/3 系统	22	0.28	镜身小型马达	机身内置	72	75	92.5	485
ZUIKO DIGITAL ED 12-60mm f/2.8-4.0 SWD	4/3 系统	22	0.25	镜身超声波驱动	机身内置	72	79.5	98.5	575
ZUIKO DIGITAL ED 14-35mm f/2.0 SWD	4/3 系统	22	0.35	镜身超声波驱动	机身内置	77	86	123	900
ZUIKO DIGITAL ED 14-42mm f/3.5-5.6	4/3 系统	22	0.25	镜身小型马达	机身内置	58	65.5	61	190
ZUIKO DIGITAL 14-54mm f/2.8-3.5 Ⅱ	4/3 系统	22	0.22	镜身小型马达	机身内置	67	74.5	88.5	440
ZUIKO DIGITAL ED 18-180mm f/3.5-6.3	4/3 系统	22	0.45	镜身小型马达	机身内置	62	78	84.5	435
ZUIKO DIGITAL ED 35-100mm f/2.0	4/3 系统	22	1.4	镜身小型马达	机身内置	77	96.5	213.5	1650
ZUIKO DIGITAL ED 40-150mm f/4.0-5.6	4/3 系统	22	0.9	镜身小型马达	机身内置	58	65.5	72	220
ZUIKO DIGITAL ED 50-200mm f/2.8-3.5 SWD	4/3 系统	22	1.2	镜身超声波驱动	机身内置	67	86.5	157	995
ZUIKO DIGITAL ED 70-300mm f/4.0-5.6	4/3 系统	22	0.96	镜身小型马达	机身内置	58	80	127.5	615
ZUIKO DIGITAL ED 90-250mm f/2.8	4/3 系统	22	2.5	镜身小型马达	机身内置	105	124	276	3270
特别功能镜头系列									
ZUIKO DIGITAL 35mm f/3.5 Macro	4/3 系统	22	0.146	镜身小型马达	机身内置	52	71	53	165
ZUIKO DIGITAL ED 50mm f/2.0 Macro	4/3 系统	22	0.24	镜身小型马达	机身内置	52	71	61.5	300
Micro 4/3 系统专用镜头系列									
M.ZUIKO DIGITAL 17mm f/2.8	4/3 系统	22	0.2	镜身小型马达	机身内置	37	57	22	71
M.ZUIKO DIGITAL ED 14-42mm f/3.5-5.6	4/3 系统	22	0.25	镜身小型马达	机身内置	40.5	62	43.5	150

HD高清，一镜走天涯
Panasonic

LUMIX G VARIO HD14-140mm f/4-5.8 ASPH. MEGA O.I.S.

精彩看点

◆ 只支持 Micro 4/3 系统机身
◆ Micro 4/3 系统上的效果：广角至超长焦
◆ 10× 超大倍数变焦
◆ 内置 MEGA O.I.S. 防抖功能
◆ 超轻盈小巧设计
◆ 全程 50cm 最近对焦距离
◆ 7 片圆形光圈叶片
◆ 常用拍摄题材：旅游、人像、风景、生活

世界最小巧的 10X 可更换变焦镜头

　　身为 Panasonic 第 2 部 Micro 4/3 机身的 DMC-GH1，不只提供轻巧便携的用户感受，还可拍摄 HD 全高清的动态影片，犹如一部 DV 录像机一样。但只有高像素是不够的，厂方特意推出此套装，希望为 GH1 的用户带来完全仿 DV 的感觉，不只画质高，还有那小巧的但有着超高倍率变焦能力的镜头。此镜的重量只有 460g，只比 GH1 的重了一点，但已拥有 10× 变焦能力，轻轻转动 90°的行程，就能在 14mm ～ 140mm 之间快速变换，拍摄效果犹如全画幅上的 28-280mm 镜头。

稳定的 HD 画质

　　在短短的 8.4cm 长度的镜身里，收纳了 13 组 17 片光学设计，当中使用了 4 枚非球面透镜和 2 枚 ED 超低色散镜片，其中一块大型非球面透镜就位于重要的镜头前端，在中央镜片之间，除了设有 7 片的圆形光圈叶片外，还有一组设有浮动镜片的 MEGA O.I.S. 光学防抖系统，通过与对应的 Micro 4/3 机身相连，不但能启动防抖修正功能，还可以在 Mode 1、Mode 2、Mode 3 中，选择合适的模式选用。可惜的是如此方便的镜头，只给 Micro 4/3 格式的机身使用，老款 4/3 机身用户只能"望梅止渴"了。

▲ 此镜虽然小巧但用上了复杂的 13 组 17 片镜的 IF 内对焦光学设计，当中包括 4 枚非球面透镜和 2 枚 ED 超低色散透镜

▲ 由最短的 14mm 扭至最长的 140mm，镜筒差不多延伸了近一倍。随镜头附送的塑料花瓣形遮光罩做工不错，极具专业感

▲ 如图所见，男性用户的拇指刚好与此镜头变焦环差不多同宽。另一边，位于镜头前的 MF 对焦环又刚好与食指差不多同宽。使用中的手感不错，顺畅自然

▲ MEGA O.I.S. 光学防抖系统的开关在镜身上，但系统的三种运作模式却在机身的菜单中设定（只限 DMC-G1 及 GH1）

▲ 留意！此镜并不是 LEICA 出品，是 Panasonic 自家研发的 LUMIX 镜头

▲ 此镜的 HD 之名和 10X 变焦效果，最适合在能够拍摄视频短片的 GH1 上发挥

Panasonic LUMIX G VARIO HD 14-140mm f/4-5.8 ASPH. MEGA O.I.S. 性能测试

测试器材

PanasonicLUMIX DMC-GH1+ Panasonic LUMIX G VARIO HD 14-140mm f/4-5.8 ASPH.MEGA O.I.S.

测试说明

参见专业镜头测试方法的详细说明

分辨率测试

从测试可见，虽然此镜头的变焦能力较强，但解像力并不像一般的高倍变焦镜头一样"越变越差"，大部分光圈都保持在 1800LW/PH 以上。特别注意，此镜头最大光圈的得分极高，可能是同级镜头中最好的，从它的身上能看到 Leica 镜头的影子。

Imatest 分析结果

	最大光圈	f/5.6	f/8	f/11	f/16	f/22
14mm						
中央	2104LW/PH（f/4)	2108LW/PH	2035LW/PH	1875LW/PH	1749LW/PH	1309LW/PH
边缘	1631LW/PH（f/4)	1675LW/PH	1642LW/PH	1586LW/PH	1140LW/PH	856LW/PH
5omm						
中央	1939LW/PH（f/5.6)		1949LW/PH	1877LW/PH	1748LW/PH	1318LW/PH
边缘	1893LW/PH（f/5.6)		1859LW/PH	1793LW/PH	1648LW/PH	1092LW/PH
140mm						
中央	1836LW/PH（f/5.8)		1759LW/PH	1786LW/PH	1740LW/PH	1329LW/PH
边缘	1376LW/PH（f/5.8)		1346LW/PH	1336LW/PH	1120LW/PH	1026LW/PH

四角失光测试

从测试分析，此镜的最严重的四角失光出现在广角端的 14mm 最大光圈上，到了中段，慢慢减少，但到了远摄端时又再次增加，但幅度不及广角端。整体来说失光问题并不严重。

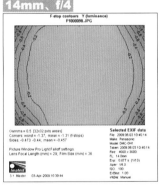

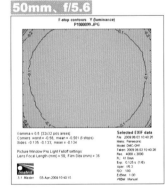

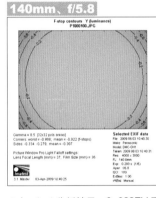

▲ Imatest 分析结果：1.31EV 平均失光量及 1.37EV 最大失光量

▲ Imatest 分析结果：0.501EV 平均失光量及 0.56EV 最大失光量

▲ Imatest 分析结果：0.922EV 平均失光量及 0.986EV 最大失光量

畸变控制测试

此镜头的畸变问题并不严重，尤其由中段 50mm 之后的焦段，都表现十分良好，只是在广角端出现轻微的桶状畸变。

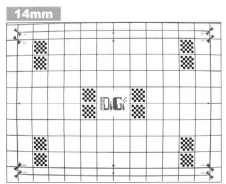

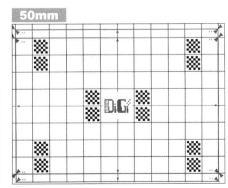

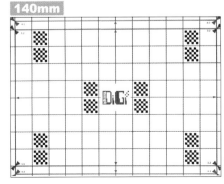

▲ 畸变问题：轻微的桶形畸变

▲ 畸变问题：不明显

▲ 畸变问题：不明显

Panasonic LUMIX G VARIO HD 14-140mm f/4-5.8 ASPH.
MEGA O.I.S. 拍摄示范

▲摄影：Jason，拍摄数据：Panasonic LUMIX DMC-GH1，LUMIX G VARIO HD 14-140mm f/4-5.8 ASPH，MEGA O.I.S.，f/4.5，1/20s，ISO 100，自动白平衡，14mm焦距（28mm 相对焦距）

Panasonic LUMIX G VARIO HD 14-140mm f/4-5.8 ASPH.MEGA O.I.S.

卡口制式：Micro 4/3 系统卡口
支持画幅：Micro 4/3 系统画幅
相对焦距：28mm ～ 280mm
镜片结构：13 组 17 片
对角线画面角度：75° ～ 8.8°
最大光圈：f/4-5.8
最小光圈：f/22
光圈叶片数：7 片（圆形）
最近对焦距离：0.5m
放大倍率：0.2×
对焦系统类型：镜身小型马达
镜头防抖指数：有（指数没有提供）
滤光镜：花瓣形（附送）
滤镜尺寸：62mm
直径：70mm
长度：84mm（14mm 相对焦距）
重量：460g

编辑视点

虽然此镜价格不菲，但对喜欢出国旅行的影友来说，它和GH1 的组合，再加上另一支 7-14mm 真的是天下无敌。如此轻巧的设计（机身、镜头都是），加上镜头性能较高，大倍率变焦，一按即拍，可录像，还有光学防抖功能，女生们一定喜欢。

重量级小机身标准镜头
Panasonic LEICA

D SUNNILUX
25mm f/1.4 ASPH

精彩看点

◆ 支持 4/3 系统画幅机身
◆ 4/3 系统上的效果：标准
◆ f/1.4 超大光圈
◆ 内置多片特殊镜片
◆ 7 片圆形光圈叶片
◆ IF 内对焦设计
◆ 常用拍摄题材：纪实、人像、风景、生活

零阻力手动

此镜虽然没有实时 MF 功能，但只要配合 Panasonic 的 4/3 机身背面接近拇指位置的控制杆，就能快速在 AF 和 MF 模式之间转换。使用后，你会发觉此镜头的 MF 系统并非真正机械物理驱动类型，而是透过对焦环上的感应器和镜头对焦马达协助用户进行顺畅的手动对焦。原因是此镜的 9 组 10 片光学设计中，包含着 1 片大口径非球面镜片、3 片 ED 镜片及 7 片超级 ED 镜片，都比较沉重。但此镜却因此能够有效抑制色散、畸变和鬼影，看来还算物有所值。

"人""物"并重

因为 4/3 系统的画幅只有 135 全画幅的约 1/4 面积大小，令 4/3 系统的镜头的浅景深效果未及全画幅的。但也因 4/3 的设计，令大部分镜头光学都相当出色，就例如镜。此镜极适合全开光圈拍摄全身至半身人像，配合其优异的 0.38m 近摄能力，面部大特写当然难不倒它，在快照上，不论拍摄路边小花，还是晚间低光环境绝无问题，更是它的强项。镜头的 IF（内对焦），更是顶级标准镜头才会有的。

▲ 滤镜达到 62mm 尺寸，对 f/1.4 光圈标准镜头来说，属于比较大、比较罕见的

▲ 镜头前端设有手动光圈环，用户除了在镜身上手动设定光圈值外，还可借着设定为 A 后，在机身上使用转盘更改光圈值

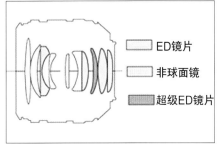

▲ 镜头组由 9 组 10 片组成，包含了 4 片特殊镜片

ED镜片
非球面镜
超级ED镜片

▲ 镜身上的手动对焦环又大又宽，虽然 MF 时手感有点像超声波马达般顺畅和低阻力，但敏度感和反应还是有点差距

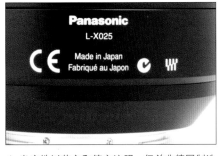

▲ 出产地以英文和德文注明，但并非德国制造而是日本制造

▲ 此镜重量达 510g，在 480g 中等重量的 L-10 机身上都已感到有点"头重脚轻"，不可想象把它通过转卡口装在 Micro 4/3 的 GH1 的后果

Panasonic LEICA D SUNNILUX 25mm f/1.4 ASPH 性能测试

测试器材

Panasonic LUMIX DMC L-10 + Panason Leica D SUNNILUX 25mm f/1.4 ASPH

测试说明

参见专业镜头测试方法的详细说明

分辨率测试

从数据上看，此镜得分较高。当使用最大光圈时，成像得分达 1858 LW/PH，比同是 f/1.4 大光圈的很多标准镜头高出了不少，非常有利于拍摄人像。

Imatest 分析结果

	f/1.4	f/2	f/2.8	f/4	f/5.6	f/8	f/11	f/16
中央	1858LW/PH	2063LW/PH	2P67LW/PH	2239LW/PH	2105LW/PH	1936LW/PH	1773LW/PH	1610LW/PH
边缘	1157LW/PH	1182LW/PH	1192LW/PH	1426LW/PH	1535LW/PH	1593LW/PH	1573LW/PH	1260LW/PH

四角失光测试

此镜拥有优秀的抑制失光能力。最大光圈时的平均失光量，只介乎 1.26EV 左右，若把光圈缩小两级至 f/4，差不多完全解决暗角的问题。

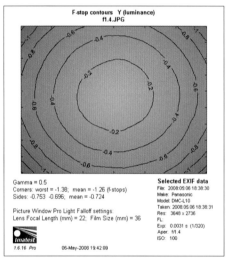

▲ Imatest 分析结果：1.26EV 平均失光量及 1.38EV 最大失光量

畸变控制测试

虽然在各方面都有不错的水平，在处理线条效果上，也只出现非常轻微的桶形畸变，对室内设计等专业拍摄的影响轻微。

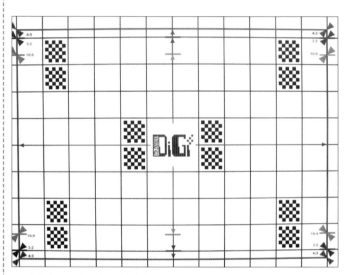

▲ 畸变问题：轻微桶状的畸变

Panasonic LEICA D SUNNILUX 25mm f/1.4 ASPH

卡口制式：4/3 系统卡口
支持画幅：4/3 系统画幅
相对焦距：50mm
镜片结构：9 组 10 片
对角线画面角度：47°
最大光圈：f/1.4
最小光圈：f/16
光圈叶片片数：7 片（圆形）
最近对焦距离：0.38m
放大倍率：0.17×
对焦系统类型：镜身内置马达
镜头防抖指数：不设
遮光罩：桶形（随镜头附送）
滤镜尺寸：62mm
直径：77.7mm
长度：75mm
重量：510g

编辑视点

对于超大光圈所拍出的浅景深效果，笔者最喜欢用手动对焦方法进行处理。在影楼拍摄中，改用它的镜身光圈环来控制曝光，在每级光圈之间，还有 1/3 级调校。重量级的镜头，若装在重量级的机身上会更适合。

**Panasonic
LEICA D
SUNNILUX
25mm f/1.4
ASPH 拍摄示范**

▲ 摄影：Chloe，拍摄数据：Panasonic Leica D SUNNILUX 25mm f/1.4 ASPH，f/1.4，1/50s，ISO100，自动白平衡，25mm焦距（50mm相对焦距）

Panasonic镜头规格表

型号	支持画幅	最小光圈（f/）	最近对焦距离（m）	AF 系统	防抖系统	滤镜尺寸（mm）	直径（mm）	长度（mm）	重量（g）
定焦镜系列									
LEICA D SUMMILUX 25mm f/1.4 ASPH.	4/3 系统	16	0.38	镜身小型马达	无	62	77.7	75	510
变焦镜系列									
LEICA D VARIO-ELMARIT 14-50mm f/2.8-3.5 ASPH. MEGA O.I.S.	4/3 系统	22	0.29	镜身小型马达	有	72	78.1	97.4	490
LEICA D VARIO-ELMAR 14-50mm f/3.8-5.6 ASPH. MEGA O.I.S.	4/3 系统	22	0.29	镜身小型马达	有	67	74	93	434
LEICA D VARIO-ELMAR 14-150mm f/3.5-5.6 ASPH. MEGA O.I.S.	4/3 系统	22	0.5	镜身小型马达	有	72	78.5	90.4	535
Micro 4/3 系统专用镜头系列									
LUMIX G VARIO 14-45mm f/3.5-5.6 ASPH. MEGA O.I.S.	4/3 系统	22	0.3	镜身小型马达	有	52	60	60	195
LUMIX G VARIO 7-14mm / F4.0 ASPH.	4/3 系统	22	0.25	镜身小型马达	无	不设滤镜加装	70	83.1	300
LUMIX G VARIO HD 14-140mm f/4.0-5.8 ASPH. MEGA O.I.S.	4/3 系统	22	0.5	镜身小型马达	有	62	70	84	460
LUMIX G VARIO 45-200mm f/4.0-5.6/MEGA O.I.S.	4/3 系统	22	1	镜身小型马达	有	52	70	100	380

标准变焦的"宝"
Pentax
DA 17-70mm f/4 AL （IF）SDM

精彩看点

- ◆ f/4 恒定光圈
- ◆ 4× 变焦能力
- ◆ APS 格式上的效果：广角至长焦
- ◆ SP 防水滴镀膜
- ◆ SDM 超声波直接驱动马达
- ◆ 遮光罩提供可拆式滤镜转动窗口
- ◆ 常用拍摄题材：纪实、人像、风景、生活、旅游

高性能光学设计

此镜头吸引人的地方，显然是焦段变化大，而且属于常用范围。在 APS 格式机身上，它的相对焦距为 26mm～107mm，4.1 倍变焦是 Pentax 的标准变焦镜头中最大的，由风景至人像可以一一胜任，令用户拍摄更加方便。它的 f/4 恒定光圈设计，即使变焦，取景器的光度也不会变化，AF 功能得以保证。使用长焦端时，相对焦距为 107mm，加上 f/4 光圈配以 28cm 最近拍摄距离的威力，可以营造出极其迷人的焦外成像效果。对于喜欢拍摄小物件的用户，如玩具娃娃爱好者，必会爱上这支镜头。

镜头标志见特性

另一大特点是它是首支使用 KAF3 卡口设计的 Pentax 镜头，改用 KAF3 卡口设计后，若无法支持 SDM 的旧型号机身唯有乖乖使用手动对焦。虽然此镜内置 SDM（Supersonic Direct-drive Motor）超声波马达，提供宁静、顺畅和准确的对焦体验，但在运行速度上仍有提升空间。在光学设计上，使用了 2 片非球面镜片（AL），加上超级多层镀膜（Super Multi Coating）设计，能达到上佳的畸变控制及消减色差效果。最前面的镜片更加了 SP（Super Protect）镀膜，可以防止灰尘、水滴等积聚。IF 内对焦设计，令前组镜片在对焦时不会转动，以便用户使用偏光镜。

▲ 附送的遮光罩备有滤镜窗口，可以一边挡光一边调校偏光镜的效果

▲ 由 17mm 变焦至 70mm，镜身延伸约 1/3 的长度

▲ 在很短距离上拍摄较小的物体，背后的焦外成像美丽得令人称奇

▲ 拥有 SDM 镜身马达驱动 AF 系统的 KAF3 卡口镜头，会比 KAF2 的多了两颗接点，用来控制 SDM 马达

▲ 因不是较高级的 SDM 马达，所以不设对焦位置显示窗，只在镜身前端提供位置提示刻度

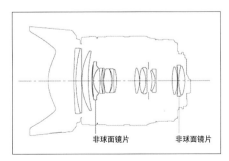

▲ 12 组 17 片的光学设计，在头段和尾段均设有 AL 非球面镜片来消减畸变问题

Pentax DA 17-70mm f/4 AL（IF）SDM 性能测试

测试器材

Pentax DA 17-70mm f/4 AL（IF）SDM

测试说明

参见专业镜头测试方法的详细说明

分辨率测试

从测试结果上看，镜头整体分辨率表现不错，得分大致徘徊在 1400 LW/PH ～ 1800 LW/PH。广角端的表现较为平稳，中央跟边缘得分接近；中段的 50mm 的得分变化幅度较大，于 f/4 光圈最低的 1100 LW/PH。当调小一两挡光圈后立即回升至平均水平。至于长焦端的则正常平稳。总的来说，f/5.6 和 f/8 等中等光圈普偏处于最高水平，令此镜头非常适合拍摄风景和抓拍（Snap Shot）。

Imatest 分析结果

	f/4	f/5.6	f/8	f/11	f/16	f/22
17mm						
中央	1741 LW/PH	1731 LW/PH	1705 LW/PH	1639 LW/PH	1546 LW/PH	1444 LW/PH
边缘	1560 LW/PH	1598 LW/PH	1683 LW/PH	1673 LW/PH	1578 LW/PH	1444 LW/PH
35mm						
中央	1712 LW/PH	1820 LW/PH	1751 LW/PH	1699 LW/PH	1596 LW/PH	1470 LW/PH
边缘	1393 LW/PH	1473 LW/PH	1618 LW/PH	1697 LW/PH	1634 LW/PH	1430 LW/PH
50mm						
中央	1132 LW/PH	1528 LW/PH	1748 LW/PH	1679 LW/PH	1608 LW/PH	1489 LW/PH
边缘	1483 LW/PH	1574 LW/PH	1.622 LW/PH	1687 LW/PH	1642 LW/PH	1472 LW/PH
70mm						
中央	1618 LW/PH	1659 LW/PH	1651 LW/PH	1667 LW/PH	1537 LW/PH	1421 LW/PH
边缘	1462 LW/PH	1465 LW/PH	1450 LW/PH	1546 LW/PH	1531 LW/PH	1429 LW/PH

四角失光测试

配合 K200D 所得测试结果，在广角端出现中度四角失光问题，角位平均失光量达到 1.46EV 的程度；于 35mm 标准焦距效果时，取得最佳成绩，只有 0.49EV 平均失光量；变焦至长焦端后，失光问题有所回升，达到 0.88EV 平均失光量。但必要时把光圈收至 f/8 便可以解决大部分暗角问题。

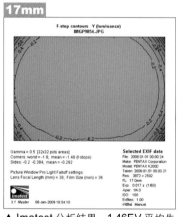
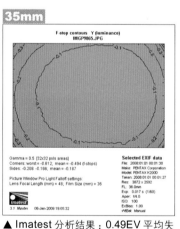
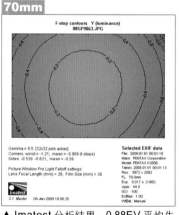

▲ Imatest 分析结果：1.46EV 平均失光量及 1.8EV 最大失光量

▲ Imatest 分析结果：0.49EV 平均失光量及 0.61EV 最大失光量

▲ Imatest 分析结果：0.88EV 平均失光量及 1.08EV 最大失光量

畸变控制测试

此镜在长焦端的畸变控制方面较佳，当处于 17mm 广角端时出现明显的桶形畸变，但随着焦距延伸，畸变的情况也得以缓解。而在 50mm 后便出现了轻微的枕形畸变，长焦端 70mm 存在少量向内弯的情况。

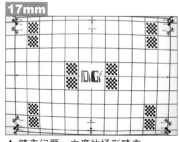
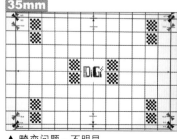
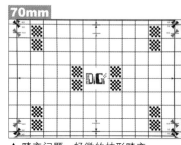

▲ 畸变问题：中度的桶形畸变

▲ 畸变问题：不明显

▲ 畸变问题：轻微的枕形畸变

Pentax DA 17-70mm f/4 AL（IF）SDM 拍摄示范

▲摄影：Chole，拍摄数据：Pentax K200D，Smc 17-70mm f/4 AL（IF）SDM，f/8，1/60s，ISO200，自动白平衡，28mm焦距（42mm相对焦距）

Pentax DA 17-70mm f/4 AL（IF）SDM

卡口制式：Pentax K 卡口（KAF3）
支持画幅：APS 画幅
APS 格式上的相对焦距：25.5mm ～ 105mm
镜片结构：12 组 17 片
对角综画面角度：79°～ 23°
最大光圈：f/4
最小光圈：f/22
光圈叶片片数：7 片
最近对焦距离：0.28m
放大倍率：0.37×
对焦系统类型：镜身 SDM 超声波直接驱动马达
镜头防抖：机身内置
遮光罩：花瓣形（随镜头附送）
滤镜尺寸：67mm
直径：75mm
长度：93.5mm
重量：485g

编辑视点

　　虽然此镜头的成像画质还有提升的空间，而且对焦可以再快一点，但对它的评价都是优秀。或许因为它既有 4.1× 的变焦，又配有 f/4 恒定光圈，因而可以拍出迷人的浅景深效果。

FA的标准
Pentax
FA 50mm f/1.4

精彩看点

◆ 支持全画幅机身
◆ 全画幅格式上的效果：标准
◆ APS 格式上的效果：中长焦
◆ f/1.4 超大光圈
◆ 机身传动 AF 系统
◆ 设有手动光学环
◆ 常用拍摄题材：纪实、人像、风景、生活、室内设计

数码时代中的 FA 系列

Pentax 自推出 K10D 和很多出色的 DSLR 后，不断吸引新的数码摄影爱好者使用，同时也推出不少新款镜头。但普遍都是 "为数码优化" 和 "数码专用" 的 DA 镜头，更重要的是，这些 DA 镜头只能覆盖 APS 画幅的系统，如 K-7，并不 "完全" 支持老款的胶片机身。不同于机身，只要不改卡口，以前的镜头在现在或未来，都可以用在数码系统上。所以不少深信和期待 Pentax 在不久的将来便会推出全画幅机身的拥护者，不但没有放弃手上的 FA 全画幅镜头，而是在 "FA 牛市" 到来前，慢慢趁低购买它们。

小巧高性能

只看外貌已能分辨此镜是 FA 系列的一员，它的外表有别于最近推出的新 DA 镜。平滑的外壳，加上无痕无坑的 MF 对焦环，更明显的是它拥有手动光圈环。在对焦方面，此镜沿用机身传动 AF 系统，在 AF 运作中，镜首的对焦环会跟随镜片的前后移动而一起传动。光学方面，此镜使用简单但实用的高斯型 6 组 7 片光学设计。在之后的测试中，得到不错的分数。

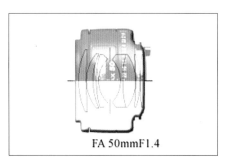

▲ 简单的 6 组 7 片光学设计，在同类型镜头上很常见

▲ 由镜头长度最短的无限远伸至最长的最近对焦 0.45m，都只是突出了一些镜身出来

▲ 安装在 K20D 上，感觉此镜头十分轻巧

▲ 因为使用老款的机身传动 AF 系统，所以镜尾仍有小巧的 "凹" 位，与机身的 "凸" 位配合运作

▲ 镜尾设有手动光圈环，如果想在机身上自由操作光圈设定，便需要锁上 "A" 模式。如要进入和离开 "A" 模式，都应按下左方的安全锁（细圈）

▲ 若解除了光圈环的 "A" 模式，便需要透过隐藏在卡口里的光圈拨杆，与机身协调光圈设定

测试器材

Pentax FA 50mm f/1.4

测试说明

参见专业镜头测试方法的详细说明

分辨率测试

从测试分析可知，此镜头的中央成像性能十分高，大部分时间在 2000LW/PH 之上。相对之下，大光圈边缘位置得分则比较落后。最优质、最平均的效果出现于 f/8 光圈上。

Imatest 分析结果

	f/1.4	f/2	f/2.8	f/4	f/5.6	f/8	f/11	f/16	f/22
中央	2012LW/PH	2095LW/PH	2175LW/PH	2019LW/PH	2073LW/PH	2211LW/PH	2100LW/PH	1852LW/PH	1670LW/PH
边缘	975LW/PH	1192LW/PH	1777LW/PH	1898LW/PH	1853LW/PH	1847LW/PH	1850LW/PH	1694LW/PH	1328LW/PH

四角失光测试

在 APS 画幅范围内，此全画幅定焦镜的四角失光问题十分轻微，最高也只有 0.722EV 失光，稍收 1～2 挡光圈，已不觉有失光的存在。

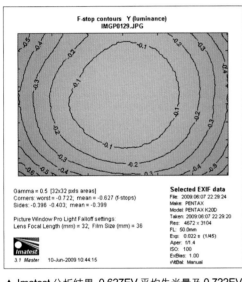

▲ Imatest 分析结果：0.627EV 平均失光量及 0.722EV 最大失光量

畸变控制测试

此镜在 APS 画幅下，没有出现明显的畸变现象，线条全都是直直的。

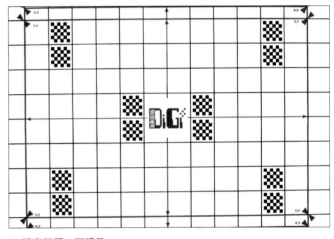

▲ 畸变问题：不明显

Pentax FA 50mm f/1.4

卡口制式：Pentax K 卡口
支持画幅：135 全画幅
APS 格式上的相对焦距：75mm
镜片结构：6 组 7 片
对角线画面角度：31.6°
最大光圈：f/1.4
最小光圈：f/22
光圈叶片片数：8 片
最近对焦距离：0.45m
放大倍率：0.15×
对焦系统类型：机身传动
镜头防抖：机身内置
遮光罩：筒形（另购）
滤镜尺寸：49mm
直径：65mm
长度：37mm
重量：220g

编辑视点

此镜头的尺寸和重量比较像 Nikon 的 AF50mm f/1.8D，但却拥有 f/1.4 的光圈。在 K20D 上表现不错，而且焦距等效为 75mm，更适合拍摄人像。它所用的机身传动方法，受机身档次影响，在 K20D 上速度不慢，只是机身马达发出的声音较大。

Pentax FA 50mm f/1.4 拍摄示范

▲ 摄影：Sam，拍摄数据：Pentax K20D，Pentax FA 50mm f/1.4，f/2.8，1/6s，ISO800，自动白平衡，50mm焦距（75mm相对焦距）

"星""声"魔力

Pentax
DA*50-135mm f/2.8 ED
(IF) SDM

精彩看点

- ◆ 支持 APS 画幅机身
- ◆ APS 格式上的效果：中焦至长焦
- ◆ 内置 SDM 超声波直接驱动马达
- ◆ 恒定 f/2.8 大光圈
- ◆ 3 片 ED 镜片
- ◆ 可实时手动对焦
- ◆ 防尘防水滴设计
- ◆ 只重 685g
- ◆ IF 内对焦，IZ 内变焦设计
- ◆ 常用拍摄题材：人像、运动、花卉昆虫、新闻

"星"级制作

　　虽然有传 Pentax DA*50-135mm f/2.8 ED（IF）SDM 与 Tokina 的 AT-X 535 PRO DX（AF 50-135mm f/2.8）有"近亲关系"。不过，相比之下，Pentax 此镜被冠以"星"的称号，是因为它除了在前端镜面加入了 SP（Super Protect）防水镀膜之外，IF 内对焦和 IZ 内变焦设计还加强防滴防尘设计。镜筒内使用了 3 片 ED 特殊低色散镜片，进一步减少长焦镜头常遇的偏蓝和色差现象。专为数码单反而设的 SDM 超声波直接驱动马达，为新的数码用户带来前所未见的快速而宁静对焦体验。

顶级人像"星"镜

　　对于同类型相对焦距为 70-200mm 而且最大光圈保持在恒定 f/2.8 的长镜头，大部分都是拍摄人像的利器。对于 Pentax 的"粉丝"，此镜头必属其"梦寐以求的金圈"。此镜所用的 9 片圆形光圈叶片，容易制造出迷人、自然、柔和焦外成像效果。附送的遮光罩设有特设开口，方便用户在使用 C-PL 偏光镜时，轻松转动进行设定，拍摄时更显得得心应手。只要好好把握时机，应该不愁拍不出好的人像照片。设计轻巧的它，即使是女性用户也能长时间使用。

▲ 即使是高级机身，想使用此镜头得到更佳的平衡感，建议装上电池手柄

▲ 独立的电子接点，就是 SDM 超声波马达的信号交换处

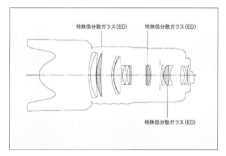

▲ 在繁杂的 14 组 18 片光学设计中，设有 3 片 ED 镜片，其中一大片位于前端重要位置

▲ 耀眼的金色 smc Pentax DA* 标志

▲ 此镜与 smc DA*16-50mm f/2 8 ED（IF）SDM 不论外型设计、影像画质和焦段衔接，都属于绝配之作

▲ 虽然镜身短小轻巧，但所附送的专用遮光罩却大得惊人，气势磅礴

Pentax DA*50-135mm f/2.8 ED（IF）SDM 性能测试

测试器材

Pentax DA*50-135mm f/2.8 ED（IF）SDM

测试说明

参见专业镜头测试方法的详细说明

分辨率测试

此镜头在测试中，大部分时间都能冲上 2000 分，即使最小的 f/22 光圈仍然能保证较高的成像水平，照片锐利，整体表现十分不错。

Imatest 分析结果

	f/2.8	f/4	f/5.6	f/8	f/11	f/16	f/22
50mm							
中央	1479.5LW/PH	1720.2LW/PH	2267LW/PH	2369LW/PH	2327LW/PH	2286LW/PH	2198LW/PH
边缘	834.6LW/PH	1147.5LW/PH	1948LW/PH	2002LW/PH	1907.5LW/PH	1847.5LW/PH	1701LW/PH
60mm							
中央	1404.9LW/PH	1717.6LW/PH	2264LW/PH	2360LW/PH	2359LW/PH	2283LW/PH	2188LW/PH
边缘	997.1LW/PH	1434.5LW/PH	2033LW/PH	2069.5LW/PH	1985.5LW/PH	1879.5LW/PH	1737.5LW/PH
70mm							
中央	1392.7LW/PH	1722.8LW/PH	2268LW/PH	2380LW/PH	2320LW/PH	2290LW/PH	2199LW/PH
边缘	1226.5LW/PH	1738LW/PH	2001LW/PH	2047.5LW/PH	1904.5LW/PH	1858LW/PH	1744.5LW/PH
90mm							
中央	1418.8LW/PH	2232LW/PH	2355LW/PH	2365LW/PH	2344LW/PH	2269LW/PH	2184LW/PH
边缘	1243.5LW/PH	1968.5LW/PH	1989.5LW/PH	1980.5LW/PH	1953LW/PH	1850LW/PH	1708.5LW/PH
135mm							
中央	1561.5LW/PH	1661.9LW/PH	1732.9LW/PH	2188LW/PH	2259LW/PH	2230LW/PH	2150LW/PH
边缘	986.4LW/PH	1217.9LW/PH	1609LW/PH	1850.5LW/PH	1839LW/PH	1774LW/PH	1669.5LW/PH

四角失光测试

此镜头的测试结果表现不错，50mm 在最大光圈时只得 1.03EV，135mm 时也微微严重一点，只得 1.28EV，表现不错。

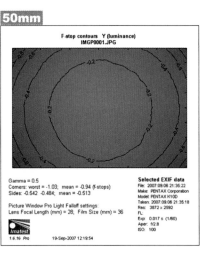 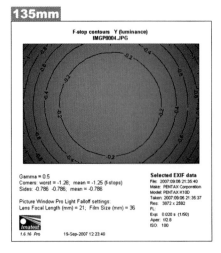

▲ Imatest 分析结果：0.94EV 平均失光量及 1.03EV 最大失光量　　▲ Imatest 分析结果：1.25EV 平均失光量及 1.28EV 最大失光量

畸变控制测试

在 APS-C 画幅机身的测试下，都没有出现太明显的畸变情况，畸变控制方面算是不错。

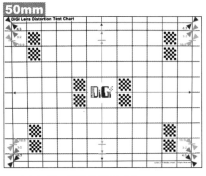 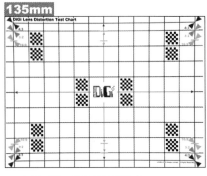

▲ 畸变问题：轻微的桶形畸变　　▲ 畸变问题：轻微的枕形畸变

Pentax DA*50-135mm f/2.8 ED（IF）SDM 拍摄示范

▲摄影：Vic，拍摄数据：PentaxKI0D，DA*50-135mm f/2.8ED（IF）SDM，f/2.8，1/90s，ISO100，自动白平衡，50mm焦距（75mm相对焦距）

SERG

Pentax DA*50-135mm f/2.8 ED（IF）SDM

卡口制式：Pentax K（AF2）卡口
支持画幅：APS 画幅
APS 格式上的相对焦距：75mm～202.5mm
镜片结构：14组18片
对角线画面角度：31.5°～11.9°
最大光圈：f/2.8
最小光圈：f/22
光圈叶片片数：9片（圆形）
最近对焦距离：11m
放大倍率：0.17×
对焦系统类型：镜身 SDM 超声波直接
驱动马达
镜头防抖指指数：机身内置
滤光罩：花瓣形（随镜头附送）
滤镜尺寸：67mm
直径：76.5mm
长度：136mm
重量：685g

编辑视点

　　此镜头相当于 75-200mm 效果，非常适合拍摄人像。加上 f/2.8特大恒定光圈、SDM 超声波对焦马达、smc 及 SP 镀膜镜片等优势，此镜头绝对值得所有爱好拍摄人像的 Pentax 粉丝考虑。

Pentax镜头规格表

型号	支持画幅	最小光圈(f/)	最近对焦距离（m）	AF 系统	防抖系统	滤镜尺寸（mm）	直径(mm)	长度(mm)	重量(g)
定焦镜系列									
FA 43mm f/1.9 Limited	135 全画幅	22	0.45	机身传动	机身内置	49	64	27	155
FA 50mm f/1.4	135 全画幅	22	0.45	机身传动	机身内置	49	65	37	220
FA 77mm f/1.8 Limited	135 全画幅	22	0.7	机身传动	机身内置	49	64	48	270
FA ★ 600mm f/4ED[IF]	135 全画幅	32	5	机身传动	机身内置 后置插片式 43mm	176	456.5	7000
DA 14mm f/2.8 ED[IF]	APS-C	22	0.17	机身传动	机身内置	77	83.5	69	420
DA 15mm f/4ED AL Limited	APS-C	22	0.18	机身传动	机身内置	49	63	39.5	212
DA 21mm f/3.2AL Limited	APS-C	22	0.3	机身传动	机身内置	49	64	44.5	195
DA 35mm f/2.8 Macro Limited	APS-C	22	0.139	机身传动	机身内置	49	63	46.5	215
DA 40mm f/2.8 Limited	APS-C	22	0.4	机身传动	机身内置	49	63	15	90
DA ★ 55mm f/1.4 SDM	APS-C	22	0.45	镜身超声波直接驱动马达	机身内置	58	70.5	66	375
DA 70mm f/2.4Limited	APS-C	22	0.7	机身传动	机身内置	49	63	26	130
DA ★ 200mm f/2.8 ED[IF]SDM	APS-C	22	1.2	镜身超声波直接驱动马达	机身内置	77	83	134	825
DA ★ 300mm f/4 ED[IF]SDM	APS-C	32	1.4	镜身超声波直接驱动马达	机身内置	77	83	184	1070
变焦镜系列									
FA 20-35mm f/4 AL	APS-C	22	0.3	机身传动	机身内置	58	69.5	68	245
FAJ 28-80mm f/3.5-5.6AL	APS-C	22-38	0.4	机身传动	机身内置	58	63	67	180
FA 28-105mm f/3.2-4.5AL[IF]	APS-C	22	0.5	机身传动	机身内置	58	69.5	68	2555
FA 75-300mm f/4.5-5.8AL	135 全画幅	32-38	1.3	机身传动	机身内置	58	69	116	385
FA 31mm f/1.8AL Limited	135 全画幅	22	0.3	机身传动	机身内置	58	65	68.5	345
FA 35mm f/2AL	135 全画幅	22	0.3	机身传动	机身内置	49	64	44.5	195
DA 12-24mm f/4 ED AL[IF]	APS-C	22	0.3	机身传动	机身内置	77	84	87.5	430
DA 16-45mm f/4ED AL	APS-C	22	0.28	机身传动	机身内置	67	72	92	365
DA 18-55mm f/3.5-5.6AL WR	APS-C	22-38	0.25	机身传动	机身内置	52	68.5	67.5	230
DA ★ 16-50mm f/2.8ED AL[IF]SDM	APS-C	22	0.3	镜身超声波直接驱动马达	机身内置	77	84	98.5	565
DA 17-70mm f/4AL[IF]SDM	APS-C	22	0.28	镜身超声波直接驱动马达	机身内置	67	75	93.5	485
DA 18-55mm f/3.5-5.6AL II	APS-C	22-38	0.25	机身传动	机身内置	52	68	67.5	220
DA 18-55mm f/3.5-5.6AL	APS-C	22-38	0.25	机身传动	机身内置	52	68	67.5	225
DA ★ 50-135mm f/2.8ED [IF] SDM	APS-C	22	1	镜身超声波直接驱动马达	机身内置	67	76.5	136	685
DA 50-200mm f/4-5.6ED	APS-C	22-32	1.1	机身传动	机身内置	52	66.5	78.5	255
DA 50-200mm f/4-5.6ED WR	APS-C	22-32	1.1	机身传动	机身内置	48	69	79.5	285
DA ★ 60-250mm f/4ED [IF] SDM	APS-C	32	1.1	镜身超声波直接驱动马达	机身内置	67	82	167.5	1040
DA 55-300mm f/4-5.8ED	APS-C	22-32	1.4	机身传动	机身内置	58	71	111.5	440
特别功能镜头系列									
D FA MACRO 50mm f/2.8	135 全画幅	32	0.195	机身传动	机身内置	49	67.5	60	265
D FA MACRO 100mm f/2.8	135 全画幅	32	0.303	机身传动	机身内置	49	67.5	80.5	345
DA FISH-EYE 10-17mm f/3.5-4.5ED[IF]	APS-C	22-32	0.14	机身传动	机身内置	不设滤镜加装	68	71.5	320

越长越稳定
Sigma
18-200mm f/3.5-6.3 DC OS

精彩看点

- ◆ 支持 APS 画幅机身
- ◆ APS 格式上的效果：广角至超长焦
- ◆ OS 防抖系统
- ◆ 11 倍超宽焦距范围
- ◆ IF 内对焦设计
- ◆ 常用拍摄题材：人像、风景、生活、旅游

改良的光学设计

虽然 Sigma 早已推出过类似的 18-200mm 镜头，但是此镜除了新增 OS 防抖系统之外，其光学设计也有所改良。在前端装有 7 片大型超低色散镜片（SLD），透过中间与后方的 3 片不同大小的非球面镜片，令影像中的色差和像差都得到大幅度的纠正。镜片间加入超级多层镀膜（super multi layer lens coating），有效减少光线经折射与反射后，令影像模糊和偏色的问题，务求令此镜在 11 倍变焦过程中，所涵盖的超广角至超长焦焦距，都可保持良好影像品质。

轻便短小兼具防抖功能

当此镜处于 18mm 焦距时，镜头长度只有 10cm，设有锁定钮，方便放入较小的相机包内。虽然镜身重量不高，只有 610g，但手感较 Sigma 其他多数镜头扎实，在中档的数码单反上使用，也不会感到头轻尾重的感觉，平衡性不错。此镜拥有的自家设计 OS 防抖系统，内置了两组感应器，能测量相机的垂直和水平的摆动方向与幅度，从而作出相应的偏移以纠正抖动问题。极适合喜欢旅游的用户使用。

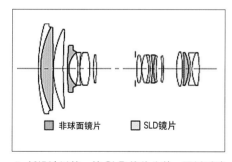

非球面镜片　　SLD镜片

▲ 新设计以第一块 SLD 镜片为首，配以后端的非球面镜片，有效提升光学画质

▲ 新款镜头镜片镀膜反光带点微绿色

▲ 当伸展镜头时，可看到镜身上印有不同焦距时的放大倍率

▲ 比较之下，会觉得此镜较适合装在中档以上的数码单反上，增强平衡感

▲ 在金属卡口上方设有自动对焦及防抖的开关

▲ 随镜头附送的花瓣形遮光罩，比较适合在广角端时使用

Sigma 18-200mm f/3.5-6.3 DC OS 性能测试

测试器材

Canon EOS 40D+ Sigma 18-200mm f/3.5-6.3 DC OS

测试说明

参见专业镜头测试方法的详细说明

分辨率测试

　　总的来说，此镜头的分辨率在光圈缩小 1～2 挡后会有明显的改善。中央成像还算合理，但边缘位置（尤其在较大光圈时），会有点"力不从心"。因此在使用该镜头拍摄风景或街景时，应略收小光圈拍摄。

Imatest 分析结果

	最大光圈	f/5.6	f/8	f/11	f/16
18mm					
中央	1114LW/PH（f/3.5）	2143LW/PH	2256LW/PH	2087LW/PH	1817LW/PH
边缘	870LW/PH（f/3.5）	1853LW/PH	1922LW/PH	1863LW/PH	1059LW/PH
50mm					
中央	1695LW/PH（f/5）	1858LW/PH	2201LW/PH	2155LW/PH	1852LW/PH
边缘	710LW/PH（f/5）	755LW/PH	1657LW/PH	1895LW/PH	1769LW/PH
200mm					
中央	1608LW/PH（f/6.3）		1930LW/PH	2044LW/PH	1868LW/PH
边缘	1577LW/PH（f/6.3）		1728LW/PH	1809LW/PH	1697LW/PH

四角失光测试

　　此镜头在广角端的失光问题较严重，在 200mm 的失光情况轻微，只需将光圈收小至 f/11 即可解决。

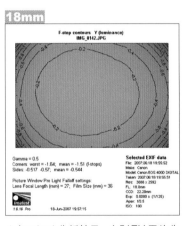

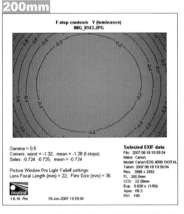

▲ Imatest 分析结果：1.51EV 平均失光量及 1.64EV 最大失光量

▲ Imatest 分析结果：1.28EV 平均失光量及 1.32EV 最大失光量

畸变控制测试

　　此镜头在 18mm 最广角端时有明显的桶形畸变，而在 200mm 长焦端只有极轻微的枕形畸变，还可以接受。

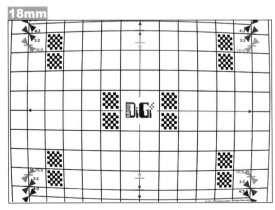

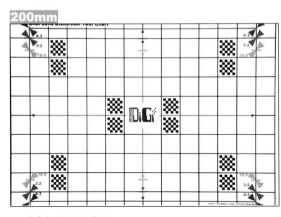

▲ 畸变问题：明显的桶形畸变

▲ 畸变问题：不明显

Sigma 18-200mm f/3.5-6.3 DC OS 拍摄示范

▲摄影：Sam，拍摄数据：Canon EOS 30D，Sigma 18-200mm f/3.5-6.3 DC OS，f/7.1，1/500s，ISO 100，日光白平衡，200mm 焦距（320mm 相对焦距）

Sigma 18-200mm f/3.5-6.3 DC OS

卡口制式	Canon EF、Nikon F 及 Sigma SA 卡口
支持画幅	APS 画幅
APS 格式上的相对焦距	27mm ～ 300mm
镜片结构	13 组 18 片
对角线画面角度	69.3°～ 7.1°
最大光圈	f/3.5-6.3
最小光圈	f/22
光圈叶片片数	7 片
最近对焦距离	0.45m
放大倍率	0.27×
对焦系统类型	镜身小型马达／机身驱动
镜头防抖指数	3 级快门
遮光罩	花瓣形（随镜头附送）
滤镜尺寸	72mm
直径	79mm
长度	100mm
重量	610g

编辑视点

人总是贪心的。当拥有一支又小又可高倍数码变焦的镜头时，往往会发现光圈必然会是一边扭一边收小，跟着便要面对容易抖动的问题。平心而论，购买这种镜头是次要的，质量都次之，所以不能要求太高。

数码专用大光圈标准镜头始祖
Sigma
30mm f/1.4 EX DC HSM

精彩看点

- ◆ 支持 APS 画幅机身
- ◆ APS 格式上的效果：中长焦
- ◆ f/1.4 超大光圈
- ◆ HSM 超声波马达 AF 系统
- ◆ 可实时手动对焦
- ◆ IF 对焦设计
- ◆ 常用拍摄题材：纪实、人像、风景、生活、新闻

独霸天下多时

不论是 Canon 或 Nikon，APS 画幅 DSLR 都是早期而且唯一的类型。在多年积累下，使用 APS 画幅数码单反的人数很多。但在如此庞大的市场中，居然没有原厂的 APS 画幅专用标准镜头出现。用户被逼使用全画幅但本身并非标准镜头的代替，例如 28mm ～ 35mm 等焦段的全画幅镜头，大大浪费其分辨率和高昂的价格。SIGMA 就看中这个空档，在 2005 年推出 30mm f/1.4 EX DC HSM 镜头，因而一炮而红。在 2009 年前，它仍是 APS 格式唯一专用设计的大光圈标准镜头。是用户最好、最贴心的选择。

用料十足

此镜头的用料令不少，Canon 和 Nikon 用户趋之若鹜，并深感 SIGMA 对数码单反用户的重视。公开发售后，用户的评价各有参差，但大部分人都十分满意其光学性能。此镜头使用了专为 APS 格式设计的光学结构，有效减低制作成本，把最优质的镜片集中在中央位置，放弃不被 APS 画幅所收纳的全画幅边缘位置。而且更大方地加入独有的 HSM 超声波马达，在其重量级的镜身内，含有 3 片特殊镜片，分别是非球面镜片 SLD（Special Low Dispersion）低色散镜片和 ELD（Extraordinary Low Dispersion）特低色散镜片，感觉犹如使用顶级镜头一般。

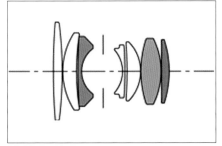

▲ 在 7 组 7 片的光学设计中，使用了非球面镜片 SLD 镜片及 ELD 镜片各一片

▲ 此镜头（左）与 Nikon AF 35mmf/2D（中）及 Nikon AF 50mm f/1.4D（右）比较，明显个子大了很多

▲ 实时手动对焦环及焦点距离窗同样很宽很好用

▲ 金属卡口上可见后组镜片差不多用尽 Nikon 卡口版本的大部分空间

▲ 不论在无限远对焦位置（左）或最近对焦距离 0.4m（中），镜头都只在镜筒内移动，只要加上一片 UV 滤镜，就能保护镜头不被灰尘侵扰。随镜头附送的花瓣形遮光罩很大，与它十分相衬

▲ 除了在高档数码单反上使用外，即使是入门级的 D5000，同样可以进行 AF 对焦

Sigma 30mm f/1.4 EX DC HSM 性能测试

测试器材

Nikon D80 +Sigma 30mm f/1.4 EX DC HSM

测试说明

参见专业镜头测试方法的详细说明

分辨率测试

从数据上看，此镜头中央部分拥有不错的分辨率，在 f/5.6 时，拥有 1948LW/PH 的骄人成绩，但边缘成绩参差不齐的。在 f/11 前，边缘成像与中央的仍有较大的差距。

Imatest 分析结果

	f/1.4	f/2	f/2.8	f/4	f/5.6	f/8	f/11	f/16
中央	1373LW/PH	1537LW/PH	1713LW/PH	1841LW/PH	1948LW/PH	1917LW/PH	1851LW/PH	1770LW/PH
边缘	912LW/PH	913LW/PH	1109LW/PH	1042LW/PH	1396LW/PH	1588LW/PH	1743LW/PH	1714LW/PH

四角失光测试

此镜头最大光圈的失光问题属于常见的程度，平均失光为 1.03EV。只要把光圈收小至 f/4 光圈，便能解决大部分失光问题。

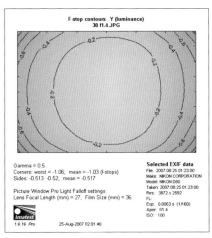

▲ Imatest 分析结果：1.03EV 平均失光量及 1.06EV 最大失光量

畸变控制测试

此镜在畸变控制上的效果比较接近广角镜头效果，出现了明显的桶形畸变。用来拍摄风景和人像照片影响不大，但若用来拍摄室内设计或建筑等强调线条的题材，就会受到较大影响。

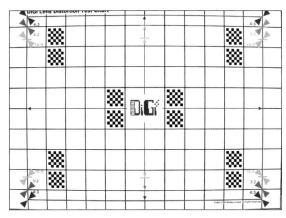

▲ 畸变问题：轻微的桶形畸变

编辑视点

此镜头把 f/1.4 光圈、金环及 HSM 超声波马达集于一身，颇有顶级镜头的感觉。公开发售后，用户的评价各有参差，大部分人都十分满意其光学性质，但自动对焦时有跑焦问题，网上论坛中也有不少争辩的留言，但幸好中等和高档数码单反上逐渐加入对焦微调功能，大大加强了用户使用此镜头的信心。

Sigma 30mm f/1.4 EX DC HSM

卡口制式：Canon EF、Nikon F、Pentax K、Sigma SA、Sony α 及 4/3 系统卡口
支持画幅：APS 画幅
APS 格式上的相对焦距：45mm
镜片结构：7 组 7 片
对角线画面角度：45°
最大光圈：f/1.4
最小光圈：f/16
光圈叶片片数：8 片
最近对焦距离：0.4m
放大倍率：0.1×
对焦系统类型：镜身 HSM 超声波马达
镜头防抖指数：机身内置
遮光罩：花瓣形（随镜头附送）
滤镜尺寸：62mm
直径：76.6mm
长度：59mm
重量：400g

Sigma 30mm f/1.4 EX DC HSM 拍摄示范

▲摄影：Sam，拍摄数据：Nikon D80，Sigma 30mm f/1.4 EX DC HSM，f/5.6，1/30s，ISO 400，自动白平衡，30mm 焦距（45mm 相对焦距）

极速标准镜头之选
Sigma
50mm f/1.4 EX DC HSM

精彩看点

◆ 支持全画幅机身
◆ 全画幅格式上的效果：标准
◆ APS 格式上的效果：中长焦
◆ HSM 超声波马达 AF 系统
◆ 可实时手动对焦
◆ 9 片圆形光圈叶片
◆ IF 内对焦设计
◆ 常用拍摄题材：纪实、人像、风景、生活、新闻

延续优良光学特性

　　此镜的标准焦距做出最自然的视角效果，凭其 f/1.4 超大光圈以及 9 片圆形光圈叶片设计，在全开光圈下都能拍出又圆又糊的焦外成像效果。此镜的光学结构拥有 6 组 8 片镜片设计，和同厂的 30mm f/1.4 DC HSM 一样，最后一片用上非球面镜片，有效矫正影像中的彗形像差，减低点状光源离开光轴的焦外不良成像效果。镜片都经过多层镀膜处理，可以减低色差问题，令色彩贴近真实环境。就实测结果来说，焦外成像中的点状光源都十分清晰，在使用大光圈拍摄时较为优秀。

高水平制作

　　镜身和型号上出现的 "EX" 字样，代表着它是 Sigma 镜中顶级系列。"DG" 代表它适用于 135 全画幅数码相机之上，加上它内置了 HSM（Hyper Sonic Motor）超声波 AF 马达，自动对焦时更宁静快速。在手动对焦时，此镜的对焦环阻力小，配合只有 45° 的转动幅度就能纵横最近至无限远对焦位置，操作畅顺，得心应手。之前的 50mm 定焦镜的滤镜尺寸多为 58mm，但此镜头是 77mm，可想而知它的外型和手感是多么专业。此镜同时备有 Canon EF、Nikon F、Pentax K、Sigma SA、Sony α 及 4/3 系统和 Sigma 各家数码单反适用卡口版本，为不同机身的用户提供了选择。

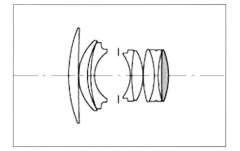

▲ 在 6 组 8 片的光学设计中，用上了 1 片非球面镜片

▲ 此镜头使用 IF 内对焦设计。加上随镜头附送的花瓣形遮光罩后，体形更巨大

▲ 此镜头的手动对焦环较宽，调焦顺畅，全因为使用了 HSM 超声波马达

▲ 虽然已很少数码单反用户会使用 "景深标尺"，但此镜的对焦位置显示窗中仍然标记着，若使用最小 f/22 光圈及对焦至 3m 左右，就能令景深覆盖约 2m 至无限远的景物

▲ 使用了 9 片圆形光圈叶片，不但最大光圈，连中等和较小光圈的焦外成像一样自然圆润

▲ 此镜在日本制造绝不稀奇，但想不到一支 50mm 标准镜头居然会用上 77mm 的滤镜

Sigma 50mm f/1.4 EX DG HSM 性能测试

测试器材

Nikon D700+Sigma 50mm f/1.4 EX DG HSM

测试说明

参见专业镜头测试方法的详细说明

分辨率测试

根据测试数据得知，此镜头在不同光圈下的中央分辨率均能保持在较高的水平。虽然最大光圈 f/1.4 时最低，但也有 1600LW/PH 水平，而且边缘的落差不大，已是相当不错。

Imatest 分析结果

	f/1.4	f/2	f/2.8	f/4	f/5.6	f/8	f/11	f/16
中央	1636LW/PH	1906LW/PH	1924LW/PH	1937LW/PH	2005LW/PH	1954LW/PH	1943LW/PH	1889LW/PH
边缘	1585LW/PH	1662LW/PH	1653LW/PH	1771 LW/PH	1863LW/PH	1878LW/PH	1889LW/PH	1852LW/PH

四角失光测试

此镜头的失光抑制有颇优异的能力，即使全开光圈也只有最高的 0.594EV，较其他品牌的同类产品轻微。只要收小 1 挡光圈至 f/2，就可以把暗角问题完全解决了。

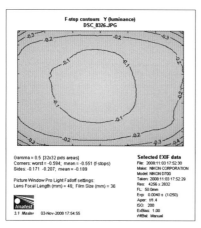

▲ Imatest 分析结果：0. 551EV 平均失光量及 0.594EV 最大失光量

畸变控制测试

从测中可见此镜的畸变控制表现仍有进步空间，影像出现轻微的桶形畸变，若用来拍摄室内设计图片时，仍会有些不足。

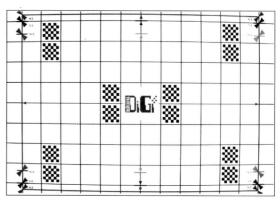

▲ 畸变问题：轻微的桶形畸变

编辑视点

当此镜头配合全画幅机身使用时，感觉如虎添翼。那种浅薄如纸的景深，加上又滑又圆的焦外成像，"毒性"很强。不过，它的重量体积又实在令使用者费解，但它的滤镜刚刚好与常见的 f/2.8 变焦镜头同是 77mm，更换滤镜时会方便一点。

Sigma 50mm f/1.4 EX DG HSM

卡口制式：Canon EF、Nikon F、Pentax K、Sigma SA、Sony α 及 4/3 系统卡口
支持画幅：135 全画幅
APS 格式上的相对焦距：75mm
镜片结构：6 组 8 片
对角线画面角度：46.8°
最大光圈：f/1.4
最小光圈：f/16
光圈叶片片数：9 片（圆形）
最近对焦距离：0.45m
放大倍率：0.14×
对焦系统类型：镜身 HSM 超声波马达
镜头防抖指数：由机身提供
遮光罩：花瓣形（随镜头附送）
滤镜尺寸：77mm
直径：84.5mm
长度：68.2mm
重量：505g

Sigma 50mm f/1.4 EX DG HSM 拍摄示范

▲摄影：Sam，拍摄数据：Nikon D700，Sigma 50mm f/1.4 EX DG HSM，f/1.4，1/3200s，ISO 6400，用户自定义白平衡，50mm 焦距

Sigma镜头规格表

型号	支持画幅	最小光圈（f/）		最近对焦距离(m)	AF 系统	防抖系统	滤镜尺寸（mm）	直径（mm）	长度(mm)	重量(g)
定焦镜系列										
8mm F3.5 EX DG CIRCULAR FISHEYE	135 全画幅	C、N、K、So、Si	22	0.135	镜身小型马达	无	不设滤镜加装	73.5	68.6	400
15mm F2.8 EX DG DIAGONAL FISHEYE	135 全画幅	C、N、K、So、Si	22	0.15	镜身小型马达	无	不设滤镜加装	73.5	65	370
20mm F1.8 EX DG ASPHERICAL RF	135 全画幅	C、N、K、So、Si	22	0.2	镜身小型马达	无	82	88.6	89.5	520
24mm F1.8 EX DG ASPHERICAL MACRO	135 全画幅	C、N、K、So、Si、4/3	22	0.18	镜身小型马达	无	77	83.6	82.5	485
28mm F1.8 EX DG ASPHERICAL MACRO	135 全画幅	C、N、K、So、Si	22	0.2	镜身小型马达	无	77	83.6	82.5	500
50mm F1.4 EX DG HSM	135 全画幅	C、N、K、So、Si、4/3	16	0.45	镜身超声波马达	无	77	84.5	68.2	505
APO 300mm F2.8 EX DG /HSM	135 全画幅	C、N、K、So、Si	32	2.5	镜身超声波马达	无	后置插片式 46	119	214.5	2400
APO 500mm F4.5 EX DG /HSM	135 全画幅	C、N、K、So、Si	32	4	镜身超声波马达	无	后置插片式 46	123	350	3150
APO 800mm F5.6 EX DG /HSM	135 全画幅	C、N、K、So、Si	32	7	镜身超声波马达	无	后置插片式 46	156.5	521	4900
4.5mm F2.8 EX DC										
CIRCULAR FISHEYE HSM	APS-C	C、N、K、So、Si	22	0.135	镜身超声波马达	无	无设滤镜加装	76.2	77.8	470
10mm F2.8 EX DC FISHEYE HSM	APS-C	C、N、K、So、Si	22	0.135	镜身超声波马达	无	无设滤镜加装	75.8	83.1	475
30mm F1.4 EX DC /HSM	APS-C	C、N、K、So、Si、4/3	16	0.4	镜身超声波马达	无	62	76.6	59	400
变焦镜系列										
12-24mm F4.5-5.6 EX DG										
ASPHERICAL /HSM	135 全画幅	C、N、K、So、Si	22	0.28	镜身超声波马达	无	后置插片式明胶片	87	102.5	600
24-70mm F2.8 IF EX DG HSM	135 全画幅	C、N、K、So、Si	22	0.38	镜身超声波马达	无	82	88.6	94.7	790
24-70mm F2.8 EX DG MACRO	135 全画幅	C、N、K、So、Si	32	0.4	镜身小型马达	无	82	88.7	115.5	715
28-70mm F2.8-4 DG	135 全画幅	C、N、K、So、Si	22	0.5	镜身小型马达	无	58	67.5	62.5	255
28-300mm F3.5-6.3 DG MACRO	135 全画幅	C、N、K、So、Si	22	0.5	镜身小型马达	无	62	74	86	490
APO 50-500mm F4-6.3 EX DG /HSM	135 全画幅	C、N、K、So、Si、4/3	22	1-3	镜身超声波马达	无	86	95	218.5	1840
APO 70-200mm F2.8 II EX										
DG MACRO HSM	135 全画幅	C、N、K、So、Si、4/3	22	1	镜身超声波马达	无	77	86.5	184.4	1370
APO 70-300mm F4-5.6 DG MACRO	135 全画幅	C、N、K、So、Si	22	0.95	镜身小型马达	无	58	76.6	122	550
APO 100-300mm F4 EX DG /HSM	135 全画幅	C、N、K、So、Si	32	1.8	镜身超声波马达	无	82	92.4	226.5	1440
APO 120-300mm F2.8 EX DG HSM	135 全画幅	C、N、Si	32	1.5-2.5	镜身超声波马达	无	105	112.8	271	2680
APO 120-400mm F4.5-5.6 DG OS										
HSM / APO 120-400mm F4.5-5.6 DG HSM	135 全画幅	C、N、K、So、Si	22	1.5	镜身超声波马达	有	77	92.5	203.5	1640
APO 150-500mm F5-6.3 DG OS HSM /	135 全画幅	C、N、K、So、Si	22	2.2	镜身超声波马达	有	86	94.7	252	1780
APO 300-800mm F5.6 EX DG HSM	135 全画幅	C、N、Si、4/3	32	6	镜身超声波马达	无	后置插片式 46	156.5	544	5880
10-20mm F4-5.6 EX DC /HSM	APS-C	C、N、K、So、Si、4/3	22	0.24	镜身超声波马达	无	77	83.5	81	465
17-70mm F2.8-4.5 DC MACRO /HSM	APS-C	C、N、K、So、Si	22	0.2	镜身超声波马达	无	72	79	82.5	455
18-50mm F2.8 EX DC MACRO /HSM	APS-C	C、N、K、So、Si、4/3	22	0.2	镜身超声波马达	无	72	79	85.8	450
18-50mm F2.8-4.5 DC OS HSM	APS-C	C、N、K、So、Si	22	0.3	镜身超声波马达	有	67	74	88.6	395
18-200mm F3.5-6.3 DC	APS-C	C、N、K、So、Si	22	0.45	镜身小型马达	无	62	70	78.1	405
18-125mm F3.8-5.6 DC OS HSM /	APS-C	C、N、K、So、Si	22	0.35	镜身超声波马达	有	67	74	88.5	490
18-250mm F3.5-6.3 DC OS HSM	APS-C	C、N、K、So、Si	22	0.45	镜身超声波马达	有	72	79	101	630
APO 50-150mm F2.8 II EX DC HSM	APS-C	C、N、K、So、Si	22	1	镜身超声波马达	无	67	76.5	140.2	780
50-200mm F4-5.6 DC OS HSM	APS-C	C、N、K、So、Si	22	1.1	镜身超声波马达	有	55	74.4	102.2	420
微距镜系列										
MACRO 50mm F2.8 EX DG	135 全画幅	C、N、K、So、Si	45	0.188	镜身小型马达	无	55	71.4	66.5	320
MACRO 70mm F2.8 EX DG	135 全画幅	C、N、K、So、Si	22	0.257	镜身小型马达	无	62	76	95	525
MACRO 105mm F2.8 EX DG	135 全画幅	C、N、K、So、Si、4/3	45	0.313	镜身小型马达	无	58	74	97.5	460
APO MACRO 150mm F2.8 EX DG HSM	135 全画幅	C、N、Si、4/3	22	0.38	镜身超声波马达	无	72	79.6	137	895
APO MACRO 180mm F3.5 EX DG /HSM	135 全画幅	C、N、K、So、Si	32	0.46	镜身超声波马达	无	72	80	182	965

C 适用于 Canon EF 卡口型号；N 适用于 Nikon F 卡口型号；K 适用于 Pentax K 卡口型号；So 适用于 Sony α 卡口型号；
Si 适用于 Simga SA 卡口型号；4/3 适用于 4/3 系统卡口型号；N 适用于 Nikon F 卡口型号；K 适用于 Pentax K 卡口型号
效果需参照组装的机身型号

超广角变焦"蔡"皇
Sony
Vario-Sonnar T* 16-35mm f/2.8 ZA SSM（SAL 1635Z）

精彩看点

- ◆ 支持全画幅机身
- ◆ 全画幅格式上的效果：超广角至广角
- ◆ APS格式上的效果：超广角至标准
- ◆ SSM超声波马达AF系统
- ◆ 可实时手动对焦
- ◆ 9片圆形光圈叶片
- ◆ IF内对焦，IZ内变焦设计
- ◆ 常用拍摄题材：纪实、人像、风景、生活、新闻、建筑

不再三缺一

出色的制造商，都会为专业用户提供高档的性能与方便兼顾的三款大光圈变焦镜头，即超广角变焦镜头、标准变焦镜头及长焦变焦镜头，不少网友喜称它们为"变焦镜头大三元"。对于数码单反新品牌的Sony，虽然在2006年才第一次推出机身，但凭着承接Minolta的生产技术，在短短三年内便备齐"大三元"。先有长焦的70-200mm f/2.8 G SSM，继而有标准的Vario-Sonnar T*24-70mm f/2.8 SSM，到了2008年，终于推出超广角的Vario-Sonnar T*16-35mm f/2.8 SSM。此超广角变焦镜头更是连同惊世的α 900全画幅机身一同公布。从此Sony数码单反系统的专业用户，便不愁没有高水准的镜头群用了。

绝对显示身价

超广角镜头都常面对拍摄细微景物。为了提高解像度，镜片制造厂Zeiss为此镜头提供了3片非球面镜片和各一枚的ED镜片及超级ED镜片。在13组17片镜头组设计中，最大面积的前镜片正是一片非球面镜，负责修正光学问题。在镜片表面更拥有享有盛名的T*镀膜，用意加强镜片的透光率。既然是Sony顶级镜头之一，当然配备了AF速度极快的环型SSM超声波马达系统，不只提供实时对焦，而且加强机身电源的耐用度。使用精制金属镜筒设计，净重达860g，虽然在入门级APS机身上难免会显得头重脚轻，但套用在全画幅α 900上，平衡感十足。

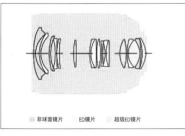

▲ 在13组17片镜头组设计中，最大面积的前镜片正是一片非球面镜片，之后还有非球面镜及UD镜片和超级ED镜片各一片

▲ 随镜头附送金属制的专用遮光罩和精美镜头袋

▲ 在摄影界享有盛名的Zeiss T*镀膜在前镜片上泛起迷人的紫光

▲ 最近对焦只有0.28m，令放大倍率达到0.24X，近距离拍摄能力不错

▲ 镜身上的AF/MF切换键与Vario-Sonnar T* 24-70mm f/2.8 SSM 是同一设计，但笔者还是喜欢70-200mm f/2.8 G SSM的

▲ 新款镜头使用9片圆形光圈叶片，大光圈浅景深的焦外成像表现值得期待

Sony Vario-Sonnar T* 16-35mm f/2.8 ZA SSM 性能测试

测试器材

Sony α 900+ Vario-Sonnar T* 16-35mm f/2.8 ZA SSM（SAL 1635Z）

测试说明

参见专业镜头测试方法的详细说明

分辨率测试

从测试中，我们可以看出此镜头的分辨率平均在 2300LW/PH 左右。光圈全开下，中央跟边缘画质落差不大，f/8 之后达到最高水平，更有利于风景拍摄。

Imatest 分析结果

	最大光圈	f/5.6	f/8	f/17	f/16	f/22	
16mm							
中央	1845 LW/PH	2357 LW/PH	2481 LW/PH	2593 LW/PH	2483 LW/PH	2318 LW/PH	2101LW/PH
边缘	1500 LW/PH	2297 LW/PH	2439 LW/PH	2511 LW/PH	2403 LW/PH	2282 LW/PH	1878 LW/PH
24mm							
中央	2236 LW/PH	2224 LW/PH	2378 LW/PH	2479 LW/PH	2439 LW/PH	2424 LW/PH	2705LW/PH
边缘	1511LW/PH	2219 LW/PH	2297 LW/PH	2375 LW/PH	2380 LW/PH	2281 LW/PH	1848 LW/PH
35mm							
中央	1984 LW/PH	2384 LW/PH	2557 LW/PH	2484 LW/PH	2480 LW/PH	2323 LW/PH	2787LW/PH
边缘	1125 LW/PH	1639 LW/PH	2287 LW/PH	2468 LW/PH	2464 LW/PH	2320 LW/PH	2734 LW/PH

四角失光测试

同类型镜头常存在严重失光问题，最高可达 3EV～4EV 失光，此镜头在最大光圈下，都只是在 16mm 时得出最大约 –1.5EV 失光，算十分不错了。只要收小一点光圈，就可修正失光问题。

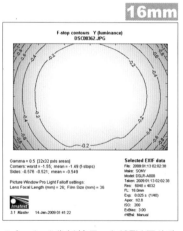

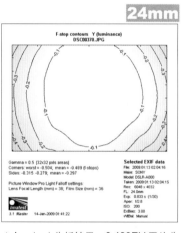

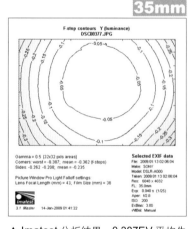

▲ Imatest 分析结果：1.49EV 平均失光量及 1.55EV 最大失光量

▲ Imatest 分析结果：0.489EV 平均失光量及 0.504EV 最大失光量

▲ Imatest 分析结果：0.387EV 平均失光量及 0.362EV 最大失光量

畸变控制测试

在测试照片中，我们发现此镜有颇有趣的畸变现象，在 16mm 时只出现的轻微桶形畸变，这一点实属难得，控制效果不错。但到了 35mm 却出人意料地出现了轻微的枕形畸变，影响不大，但十分罕见。

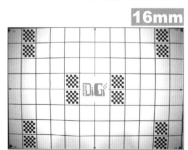

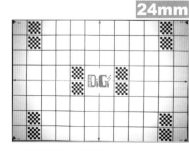

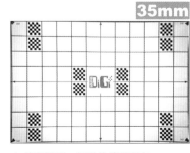

▲ 畸变问题：轻微的桶形畸变

▲ 畸变问题：不明显

▲ 畸变问题：轻微的枕形畸变

▲摄影：Vic，拍摄数据：Sony α 900，Vario-Sonnar T* 16-35mm f/2.8 ZA SSM，f/3.2，1/20s，ISO 800，自动白平衡，16mm 焦距

Sony Vario-Sonnar T* 16-35mm f/2.8 ZA SSM

卡口制式：Sony α 卡口
支持画幅：135 全画幅
APS 格式上的相对焦距：24mm ～ 52.5mm
镜片结构：13 组 17 片
对角线画面角度：107°　～ 63°
最大光圈：f/2.8
最小光圈：f/22
光圈叶片片数：9 片（圆形）
最近对焦距离：0.28m
放大倍率：0.24×
对焦系统类型：镜身 SSM 超声波马达
镜头防抖指数：由机身提供
遮光罩：花瓣形（随镜头附送）
滤镜尺寸：77mm
直径：83mm
长度：114mm
重量：860g

编辑视点

　　此镜头搭载 SSM 超声波 AF 马达，速度还不错，基本上可以实现一按即拍。畸变控制和四角失光控制，是此镜头的优秀之处。

名门之秀
Sony
50mm f/1.4 （SAL50F14）

精彩看点

◆ 支持全画幅机身
◆ 全画幅格式上的效果：标准
◆ APS 格式上的效果：中、长焦
◆ 机身传动 AF 系统
◆ f/1.4 超大光圈
◆ 9 片圆形光圈叶片
◆ 常用拍摄题材：纪实、人像、风景、生活

承继优秀造镜的血脉

2006 年 Sony 推出自家的数码单反系统，不只机身，还有数十支镜头。能在创立之时便推出如此多的镜头型号，全因购买了在 2005 年退出战线的 Minolta 相机生产线。Minolta 与 Canon、Nikon 等品牌在 20 世纪 80 至 90 年代中，在单反相机市场上分庭抗礼，虽未是三国鼎立，但也举足轻重。当中最叫人回味的，就是 Minolta 镜头在不少影友口中被称为"拥有 Nikon 镜的锐利"但也有"Canon 的柔和效果"，是中性和优秀的产品。Sony 这只全画幅定焦镜托，正是继承 Minolta AF 50mm f/1.4 的"更名版"。

伯乐的来到

此镜头与 α 100 一同推出，但在 α 900 之前，此镜只可暂时放下标准镜头的身段，转战拍摄人像，变成一支相对焦距 75mm 的超大光圈人像镜头。直至 α 900 的推出，不单用尽此镜头的画面角度，更用力发挥此镜头的高解像力。在短小的 43mm 长度的镜身里，包含着 6 组 7 片的光学设计，中央改用 7 片圆形光圈叶片设计，拥有良好的焦外成像效果。此镜头与前身 Minolta 版本同样使用机身传动的 AF 系统，在 α 900 上的对焦速度在同类机身属于高速了，机身马达所发出的声音也不算大。

▲ 除了手动对焦环外，此镜头与前身 Minolta AF 50mm f/1.4 各部分十分相似

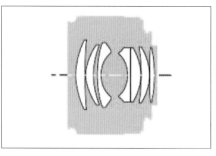

▲ 简单的 6 组 7 片光学设计，在同类型镜头上经常可以看到

▲ 此镜头由无限远（左）扭至最近对焦（中），镜身只会伸出少许，即使再安装专用遮光罩，仍然无损其娇小的外型

▲ 此镜使用的 55mm 滤镜尺寸比较特别

▲ 镜尾除了见到 Sony 才有的橙色环，还有此镜的机身传动 AF 模块的"凹"槽

▲ 此镜头由中国制造

Sony 50mm f/1.4（SAL50F14）性能测试

测试器材

Sony α 900+Sony 50mm f/1.4（SAL50F14）

测试说明

参见专业镜头测试方法的详细说明

分辨率测试

此镜的中央和边缘位置的分辨率得分相差不大，即使是大光圈下也不用刻意回避边缘位置。最高画质出现于 f/8 上，中央和边缘都达到 2500LW/PH 的高分。

Imatest 分析结果

(N/A)	f/1.4	f/2	f/2.8	f/4	f/5.6	f/8	f/11	f/16	f/22
中央	1606LW/PH	2359LW/PH	2292LW/PH	2397LW/PH	2467LW/PH	2470LW/PH	2498LW/PH	2374LW/PH	2144LW/PH
边缘	1250LW/PH	1556LW/PH	2168LW/PH	2232LW/PH	2403LW/PH	2420LW/PH	2390LW/PH	2258LW/PH	1844LW/PH

四角失光测试

此镜在最大光圈时，四角出现颇明显的失光现象。从测试得知，最高失光达 3.63EV，在现阶段 α 900 还未拥有四角失光补偿功能，若不喜欢暗角效果的用户，可能要使用 f/4 或更小的光圈拍摄。

畸变控制测试

从测试影像可见此镜头的线条控制还有提升的空间，变形并不严重，但拍摄室内设计时，照片需要进行后期处理。

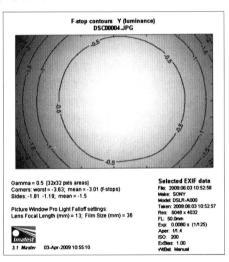

▲ Imatest 分析结果：3.01EV 平均失光量及 3.63EV 最大失光

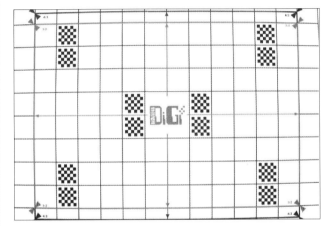

▲ 畸变问题：轻微的桶形畸变

Sony 50mm f/1.4（SAL50F14）

卡口制式：Sony α 卡口
支持画幅：135 全画幅
APS 格式上的相对焦距：75mm
镜片结构：6 组 7 片
对角线画面角度：47°
最大光圈：f/1.4
最小光圈：f/22
光圈叶片片数：7 片（圆形）
最近对焦距离：0.45m
放大倍率：0.15×
对焦系统类型：机身传动
镜头防抖指数：机身内置
遮光罩：筒形
滤镜尺寸：55mm
直径：65.5mm
长度：43mm
重量：220g

编辑视点

与其他品牌的同类产品相比较，此镜头不太起眼，它继承自 Minolta 版本的简约外型设计，与现在的 Sony 相机的风格有点不太相衬。但性能上绝不逊色，姜还是老的辣，Sony 收购 Minolta 的生产线绝对是个明智的抉择。

Sony 50mm f/1.4
（SAL50F14）拍摄示范

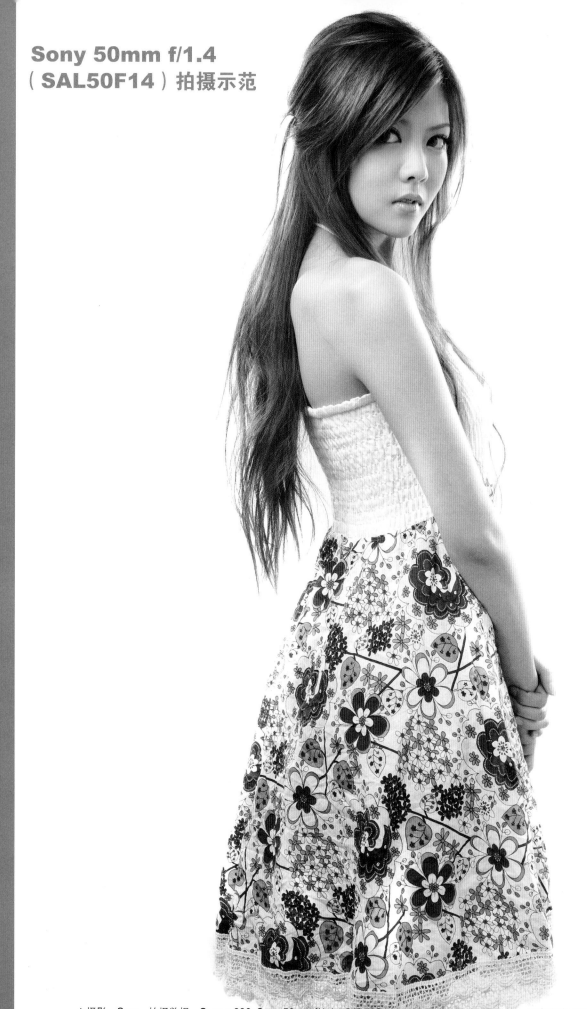

▲摄影：Sam，拍摄数据：Sony α 900+Sony 50mm f/1.4（SAL50F14），f/11，1/125s，ISO200，用户自定义白平衡，50mm 焦距

耀眼的银色之"眼"
Sony
70-400mm f/4-5.6 G SSM
(SAL70400G)

精彩看点

◆ 支持全画幅机身
◆ 全画幅格式上的效果：中焦至超长焦
◆ APS 格式上的效果：中焦至超长焦
◆ SSM 超声波 AF 马达
◆ 可实时手动对焦
◆ 9 片圆形光圈叶片
◆ IF 内对焦设计
◆ 令常用拍摄题材：人像、花卉昆虫、舞台表演、运动、新闻

银白黑三色的 G 镜头长焦系列

　　第一次以闪亮银色登场的 Sony 70-400mm f/4-5.6 G SSM，是现时全线 G 镜系列中，第 3 支由 70mm 起跳的 G 变焦镜头，另外两支分别是 70-300mm f/4，5-5.6 G SSM 及 70-200mm f/2.8 G SSM。有趣的是这三支镜焦段相近，但只要一看外观，一支白色、一支黑色和一支银色，立刻就会分辨出来。此镜头无需增距镜，就能达到 400mm 的全画幅的效果。若安装于 APS 画幅机身上，如 α 380 上，更立刻变成拥有 600mm 效果的镜头，而且对焦仍然高速、顺畅，喜爱拍摄飞鸟等生态题材的用户，相比 70-200mm f/2.8 G SSM，可能更爱用这支镜头也不一定。

高画质性能的特别设计

　　此镜虽然没有 f/2.8 大光圈，也不是恒定光圈设定，但材料性能也不能看小。镜内用上了 2 片 ED 低色散镜片，而且位于 12 组 18 片光学设计的第二和第三片之上。有趣的是，在第三片镜片之后，其他镜片的尺寸突然收小很多，形成前端三片大、其余小的设计。这种设计在后页的清晰度得分环节有不错的表现。回看镜身，不但使用金属制的外壳，而且拥有 AF/MF 的切换键，提供了不错的控制能力。内置的 SSM（Super SonicWave Motor）超声波马达，由最近对焦距离 1.5m AF 至无限远位置，也不过 0.7s。加上全线 Sony α 机身均内置了出色的 Steady Shot Inside 防抖功能，在手持拍摄时上可大派用场。

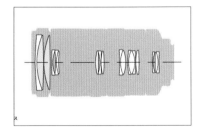

▲ 从 12 组 18 片的光学设计，可看到两枚 ED 低色散镜片位于前端，之后其余镜片都是非常细小的，此设计虽然奇特，但画质表现很优秀

▲ 从实物正面图更能发现，在大片前组镜片后，有一个"洞穴"，让光线进入后面较小的镜片

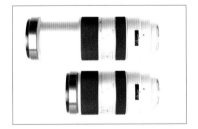

▲ 70mm 和 400mm（右）的镜身长度差距约 1/3

▲ 随镜头附送的三脚架装座需要把机身和镜头分离才能安装或拆卸

▲ AF/MF 切换键采用上下滑动设计，不单设有 AF 和 MF 模式，在 AF 之下还有"全程"和"半程"设计

▲ 随镜头附送的遮光罩设有滑盖式开口，方便转动 C-PL 偏滤镜设定

Sony 70-400mm f/4-5.6 G SSM 性能测试

测试器材

Sony α 900+Sony 70-400mm f/4-5.6 G SSM

测试说明

参见专业镜头测试方法的详细说明

分辨率测试

此镜虽然非恒定 f/2.8，但分辨率得分却令人喜出望外。大部分情况都能维持 2.500LW/PH 的高水平，可用光圈范围极广，银色镜身并非只是噱头。

Imatest 分析结果

(N/A)	f/4	f/5.6	f/8	f/11	f/16	f/22	最小光圈
70mm							
中央	2555 LW/PH	2561LW/PH	2591 LW/PH	2532 LW/PH	2392 LW/PH	2182LW/PH	
边缘	2193 LW/PH	2064 LW/PH	2791 LW/PH	2280 LW/PH	2262 LW/PH	2163LW/PH	
135mm							
中央	2525 LW/PH	2543 LW/PH	2633 LW/PH	2551 LW/PH	2406 LW/PH	2774 LW/PH	1830 LW/PH（f/25）
边缘	2337 LW/PH	2351 LW/PH	2426 LW/PH	2246LW/PH	2105 LW/PH	2072 LW/PH	1799 LW/PH（f/25）
400mm							
中央	2651 LW/PH（f/5.6）		2697 LW/PH	2393 LW/PH	2371 LW/PH	2265 LW/PH	1467 LW/PH（f/32）
边缘	2259 LW/PH（f/5.6）		2624 LW/PH	2373 LW/PH	2342LW/PH	1184 LW/PH	1772 LW/PH（f/32）

四角失光测试

此镜的四角失光抑制效果十分理想，最严重也只有不足 0.5EV 的试测结果，可以说影响甚微。

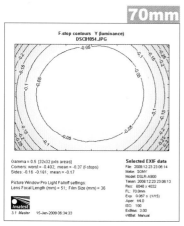

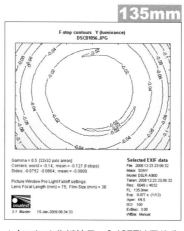

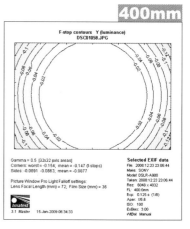

▲ Imatest 分析结果：0.37EV 平均失光量及 0.402EV 最大失光量

▲ Imatest 分析结果：0.127EV 平均失光量及 0.74EV 最大失光量

▲ Imatest 分析结果：0.147EV 平均失光量及 0.154EV 最大失光量

畸变控制测试

承接上面的分辨率和失光抑制，此镜头的畸变控制同样十分出色，不论 70mm 还是 400mm，同样难以察觉它的变形现象。

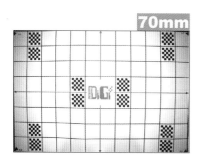

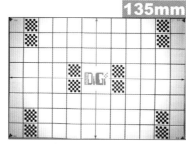

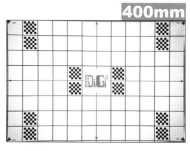

▲ 畸变问题：轻微的桶形畸变

▲ 畸变问题：不明显

▲ 畸变问题：不明显

▲摄影：Vic，拍摄数据：Sony α 900，70-400mm f/4-5.6 G SSM，f/5.6，1/60s，ISO 500，自动白平衡，70mm 焦距

Sony 70-400mm f/4-5.6 G SSM 拍摄示范

Sony 70-400mm f/4-5.6 G SSM

卡口制式：Sony α 卡口
支持画幅：135 全画幅
APS 格式上的相对焦距：105mm ～ 600mm
镜片结构：12 组 18 片
对角线画面角度：34°～ 6° 10′
最大光圈：f/4 ～ f/5.6
最小光圈：f/22 ～ f/32
光圈叶片片数：9 片（圆形）
最近对焦距离：1.5m
放大倍率：0.27×
对焦系统类型：SSM 超声波马达
镜头防抖指数：机身内置
遮光罩：花瓣形（随镜头附送）
滤镜尺寸：77mm
直径：94.5mm
长度：196mm
重量：1.5kg

编辑视点

又一次大跌眼镜。如果你没用过，也没测试过，会以为此镜性能只是一般中等，比不上恒定光圈的顶级镜头。但连续 3 个测试都证明了此镜的价性比相当高。唯一可挑剔的是，它只有 f/4 至 f/5.6 的进光量，构图和 AF 上会有点吃亏，但这样才对得起这个价钱。

Sony镜头规格表

型号	支持画幅	最小光圈（f/）	最近对焦距离（m）	AF系统	防抖系统	滤镜尺寸（mm）	直径（mm）	长度（mm）	重量（g）
定焦镜系列									
SAL16F28 16mm f/2.8 Fisheye	135 全画幅	22	0.2	机身传动	机身内置		75	66.5	400
SAL20F28 20mm f/2.8	135 全画幅	22	0.25	机身传动	机身内置	72	78	53.5	285
SAL28F28 28mm f/2.8	135 全画幅	22	0.3	机身传动	机身内置	49	65.5	42.5	185
SAL35F14G 35mm f/1.4 G	135 全画幅	22	0.3	机身传动	机身内置	55	69	76	510
SAL50F14 50mm f/1.4	135 全画幅	22	0.45	机身传动	机身内置	55	65.5	43	220
SAL135F18Z Sonnar T* 135mm f/1.8 ZA	135 全画幅	22	0.72	机身传动	机身内置	77	88	114.5	995
SAL135F28 135mm f/2.8 [T4.5] STF	135 全画幅	32	0.87	机身传动	机身内置	72	80	99	730
SAL85F14Z Planar T* 85mm f/1.4 ZA	135 全画幅	22	0.85	机身传动	机身内置	72	81	75	640
SAL300F28G 300mm f/2.8 G	135 全画幅	32	2	镜身超声波马达	机身内置	后置插片式 49	122	242.5	2310
SAL50F18 DT 50mm f/1.8 SAM	APS-C	22	0.34	机身传动	机身内置	49	70	45	170
变焦镜系列									
SAL1635Z Vario-Sonnar T* 16-35mm f/2.8 ZA SSM	135 全画幅	22	0.28	镜身超声波马达	机身内置	77	83	114	860
SAL2470Z Vario-Sonnar T* 24-70mm f/2.8 ZA SSM	135 全画幅	22	0.34	镜身超声波马达	机身内置	77	83	111	955
SAL24105 24-105mm f/3.5-4.5	135 全画幅	22-27	0.5	机身传动	机身内置	62	71	69	395
SAL70200G 70-200mm f/2.8 G	135 全画幅	32	1.2	镜身超声波马达	机身内置	77	87	196.5	1340
SAL70300G 70-300mm f/4.5-5.6 G SSM	135 全画幅	22-29	1.2	镜身超声波马达	机身内置	62	82.5	135.5	760
SAL70400G 70-400mm f/4-5.6 G SSM	135 全画幅	22-32	1.5	镜身超声波马达	机身内置	77	94.5	196	1500
SAL75300 75-300mm f/4.5-5.6	135 全画幅	32-38	1.5	机身传动	机身内置	55	71	122	460
SAL1118 DT 11-18mm f/4.5-5.6	APS-C	22-29	0.25	机身传动	机身内置	77	83	80.5	360
SAL1680Z Vario-Sonnar T* DT 16-80mm f/3.5-4.5 ZA	APS-C	22-29	0.35	机身传动	机身内置	62	72	83	445
SAL16105 DT 16-105mm f/3.5-5.6	APS-C	22-36	0.4	机身传动	机身内置	62	72	83	470
SAL1855 DT 18-55mm f/3.5-5.6 SAM	APS-C	22-36	0.25	镜身小型马达	机身内置	55	69.5	69	210
SAL1870 DT 18-70mm f/3.5-5.6	APS-C	22-36	0.38	机身传动	机身内置	55	66	77	235
SAL18200 DT 18-200mm f/3.5-6.3	APS-C	22-40	0.45	机身传动	机身内置	62	73	85.5	405
SAL18250 DT 18-250mm f/3.5-6.3	APS-C	22-40	0.45	机身传动	机身内置	62	75	86	440
SAL55200-2 DT 55-200mm f/4-5.6 SAM	APS-C	32-45	0.95	镜身小型马达	机身内置	55	71.5	85	305
SAL55200 DT 55-200mm f/4-5.6	APS-C	32-45	0.95	机身传动	机身内置	55	71.5	85	295
特别功能镜头系列									
SAL50M28 50mm f/2.8 Macro	135 全画幅	32	0.2	机身传动	机身内置	55	71.5	60	295
SAL100M28 100mm f/2.8 Macro	135 全画幅	32	0.35	机身传动	机身内置	55	75	98.5	505
SAL500F80 500mm f/8 Reflex	135 全画幅	8（固定）	4	机身传动	机身内置	42（专用）	89	118	665

效果需参照组装的机身型号

Tamron

SP AF 10-24mm f/3.5-4.5 Di-II LD Aspherical [IF] (Model B001)

精彩看点

◆ 支持 APS 画幅机身
◆ APS 格式上的效果：超广角至广角
◆ 10mm 焦距、15mm 相对焦距
◆ 0.24m 最近拍摄距离
◆ 常用拍摄题材：风景、旅游、建筑

更上一层楼

随着此镜头的投产，Tamron 的 11-18mm f/4.5-5.6 会因此停产，APS 格式的超广角代言的任务就由此镜头接替。虽然此镜头在广角端只比上代短了 1mm，但视角却从 11mm 的 103°增至 108°，也就是 75mm 的相对焦距效果。令它成为同级镜头中最广角、最大变焦倍数的超广角镜头。另外，它的最短拍摄距离也近了 1cm，可以说是"一寸短一寸强"，最高放大倍率由 0.125× 提升至 0.19×，用来近拍，可以尝试超广角镜头前大后小的透视畸变，更加有趣。

顶级规格，顶级性能

随着镜头制作技术越来越精密，新款镜头在较少的镜片设计下，反而拥有更宽大的变焦范围，确实令人赞叹。从光学设计图中看，可发现最前端镜片使用了 1 枚非球面镜片，另外还配备了 2 枚 LD 低色散镜片及 3 枚混合非球面镜片，能校正轴向及侧向色差，配合全新的光学系统，创造出色的高解像力。它的重量与前作同样轻巧利于便携。

▲ 10mm 和 24mm，镜身长度相差很少

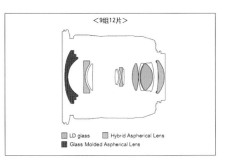

▲ 9 组 12 片的光学设计里，看到用了很多特殊镜片，用料十足

▲ 随镜头附送的花形遮光罩与前作 11-18mm f/ 4.5-5.6 相同

Tamron SP AF 10-24mm f/3.5-4.5 Di II LD Aspherical［IF］性能测试

测试器材

Nikon D300+ Tamron SP AF 10-24mm f/3.5-4.5 Di-II LD Aspherical [IF]

测试说明

参见专业镜头测试方法的详细说明

分辨率测试

从测试中得知，此镜头在广角端的分辨率表现突出，由最大光圈直至 f/11 光圈的中央分辨率都处于 1850LW/PH 水平；边缘和中央的分辨率数值十分贴近，适合爱好拍摄风景的用户。

Imatest 分析结果

	最大光圈	f/5.6	f/8	f/11	f/16	f/22	
10mm							
中央	1894LW/PH（f/3.5）	2056LW/PH	2142 LW/PH	2067 LW/PH	1886LW/PH	1771LW/PH	1777LW/PH
边缘	1815LW/PH（f/3.5）	1985 LW/PH	2070 LW/PH	1933LW/PH	1808 LW/PH	1755LW/PH	1321 LW/PH
15mm							
中央	1688 LW/PH（f/4）	1981 LW/PH	2028 LW/PH	1880 LW/PH	1713 LW/PH	1715 LW/PH	1666 LW/PH
边缘	1771 LW/PH（f/4）	1839 LW/PH	1791 LW/PH	1809 LW/PH	1643 LW/PH	1682 LW/PH	1375LW/PH
24mm							
中央	1900 LW/PH（f/4.5）	1850LW/PH	1961 LW/PH	1921LW/PH	1814 LW/PH	1678LW/PH	1300 LW/PH
边缘	1299 LW/PH（f/4.5）	1606 LW/PH	1671 LW/PH	1668 LW/PH	1681 LW/PH	1365 LW/PH	1015LW/PH

四角失光测试

测试中，在 10mm 时出现明显的四角失光问题，平均失光达到 2.41EV，但收小光圈 f/8，便可以解决失光问题。四角失光的问题随着焦距延伸而递减，在 24mm 长焦端时，便只有 0.408EV。

▲ Imatest 分析结果：2.41EV 平均失光量及 3.04EV 最大失光量

▲ Imatest 分析结果：0.731EV 平均失光量及 0.851EV 最大失光量

▲ Imatest 分析结果：0.408EV 平均失光量及 0.478EV 最大失光量

畸变控制测试

此镜头在 10mm 时，出现了明显的桶形畸变。到 24mm 时，畸变的情况减少，但仍可见轻微的向外弯情况。

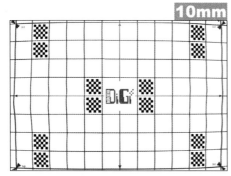
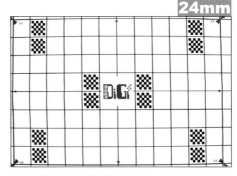

▲ 畸变问题：明显的桶形畸变

▲ 畸变问题：轻微的桶形畸变

Tamron SP AF 10-24mm f/3.5-4.5 Di II LD Aspherical [IF] 拍摄示范

▲摄影：Chloe，拍摄数据：Nikon D300，Tamron SP AF 10-24mm f/3.5-4.5 Di-II LD Aspherical [IF]，f/8，1/20s，ISO 400，自定义白平衡，10mm焦距（15mm 相对焦距）

Tamron SP AF 10-24mm f/3.5-4.5 Di II LD Aspherical [IF]

卡口制式：Canon EF、Nikon F、Pentax K、SonyAL 卡口
支持画幅：APS 画幅
APS 格式上的相对焦距：15mm ～ 36mm
镜片结构：9 组 12 片
对角综合画面角度：108°44′ ～ 60°20′
最大光圈：f/3.5-4.5
最小光圈：f/22-29
光圈叶片片数：7 片
最近对焦距离：0.24m
放大倍率：0.2×
对焦系统类型：镜身小型马达
镜头防抖指数：机身内置
遮光罩：花瓣形（随镜头附送）
滤镜尺寸：77mm
直径：83.2mm
长度：86.5mm
重量：406g

编辑视点

　　此镜头最大的魅力，莫过于它的 15mm 相对焦距，视角和画质齐备，重量一般，你能感到此镜头对原厂镜头的威胁。而且它的 Nikon 卡口版本更内置了 AF 马达，相信不少 D5000 的用户都会心动。

全球最高15倍变焦镜头
Tamron

AF 18-270mm f/3.5-6.3 DiII VC LD Aspherical[IF] MACRO (Model B003)

精彩看点

◆ 支持 APS 画幅机身
◆ APS 格式上的效果：广角至超长焦
◆ 备有 VC 防抖技术
◆ 15× 超大倍数变焦能力
◆ 常用拍摄题材：人像、风景、生活、旅游

惊世的 15× 光学变焦

很多人都会把此与它的"师兄"Tamron 18-250mm f/3.5-6.3 作比较。先看光学设计，此镜使用了 13 组 18 片的设计，当中包括 2 枚 LD 镜片、3 枚混合式非球面镜片及 1 枚 AD 镜片，整体来看比师兄多了 2 枚镜片。3 片混合式非球面镜片在 15× 变焦的同时，有助减低球面像差，但又能保持镜头的轻巧。轻轻一转，扭动 90°，就能够把它由 18mm 变成 270mm，快速方便。但在实物测试中，发现变焦环的阻力较大而不平均，或许因为它是全新还没有用过吧？

VC 防抖技术的魅力

除了在长焦焦段多了 20mm，此镜更比"师兄"多了 VC（Vibration Compensation）防抖技术，令此镜的吸引力和价值大大提高。当开启了 VC 防抖系统后，它内置的 2 枚 32 位 RISC CPU（Reduced Instruction Set Computer），便会实时检测横向及纵向的细微抖动。快速作出最高相当于 4 挡快门速度的补偿效果。虽然这是 Tamron 的第二支 VC 防抖镜头，但效果绝对紧追两大原厂的 IS 和 VR 系统。而且 VC 系统运作期间十分宁静。笔者在 270mm 焦段上使用 1/10s 快门，照片基本都不会模糊。15× 的变焦能力，加上 RISC CPU 的简单设计，以及高速、省电的优点，令此镜成为旅友的不二之选。

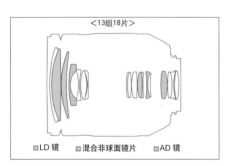

▲ 此镜的 13 组 18 片光学设计，用上了 6 片特殊镜片，才能做到小巧但变焦力强劲的效果

▲ VC 防抖系统的开关设于 AF 功能的开关下方

▲ 270mm 较 18mm 镜身长度伸长约一倍

▲ 镜身设有变焦锁定功能，不怕沉重的镜片，在垂直向下时自动延伸

▲ 18mm 和 35mm 刻度间隙大，建议加入 24mm 刻度

▲ 18mm 与 270mm 拍摄范围相差甚远

Tamron AF 18-270mm f/3.5-6.3 DiII VC LD Aspherical[IF] MACRO（Model B003）性能测试

测试器材

Nikon D300 + Tamron AF 18-270mm f/3.5-6.3 DiII VC LD Aspherical[IF] MACRO

测试说明

参见专业镜头测试方法的详细说明

分辨率测试

从测试结果可见此镜的分辨率表现不算十分稳定。在 18mm 端时，中央及边缘的最大光圈分辨率都在 1700LW/PH 水平，表现良好。但当焦距越来越长，分辨率也因而不断下降。到了 270mm 时，全时不过千位数的情况，用户要格外注意。

Imatest 分析结果

	最大光圈	f/5.6	f/8	f/11	f/16	f/22	f/32
18mm							
中央	1801 LW/PH（f/3.5）	1916LW/PH	1935LW/PH	1925LW/PH	1832LW/PH	1714LW/PH	
边缘	1861LW/PH（f/3.5）	19PPLW/PH	1844LW/PH	1871LW/PH	1771LW/PH	1712LW/PH	
100mm							
中央	1732LW/PH（f/5.6）	1488LW/PH	1355LW/PH	1739LW/PH	1567LW/PH	1039LW/PH	843LW/PH（f/36）
边缘	1135LW/PH（f/56）	1326LW/PH	1454LW/PH	1756LW/PH	1609LW/PH	1072LW/PH	896LW/PH（f/36）
270mm							
中央	663LW/PH（f/6.3）	637LW/PH	700LW/PH	989LW/PH	907LW/PH	825LW/PH	738LW/PH（f/40）
边缘	597LW/PH（f/6.3）	900LW/PH	610LW/PH	861LW/PH	697LW/PH	626LW/PH	612LW/PH（f/40）

四角失光测试

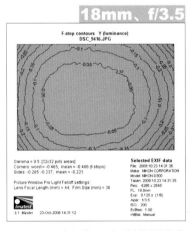
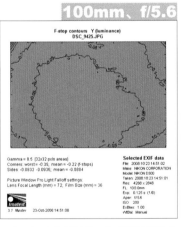
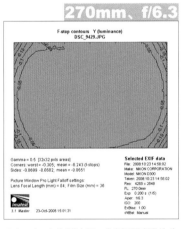

▲ Imatest 分析结果：0.406EV 平均失光量及 0.465EV 最大失光量

▲ Imatest 分析结果：0.22EV 平均失光量及 0.35EV 最大失光量

▲ Imatest 分析结果：0.305EV 平均失光量及 0.243EV 最大失光量

畸变控制测试

当此镜处于 18mm 端时，出现了明显的桶形畸变，随着焦距延伸，桶形畸变情况会慢慢消减。在 100mm 端却开始出现轻微的枕形畸变。

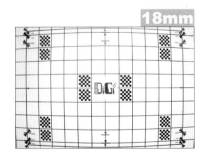
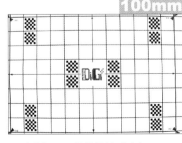
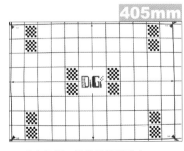

▲ 畸变问题：明显的桶形畸变

▲ 畸变问题：轻微的枕形畸变

▲ 畸变问题：轻微的枕形畸变

Tamron AF 18-270mm f/3.5-6.3 DiII VC LD Aspherical[IF]

▲摄影：Chloe，拍摄数据：Nikon D300，Tamron AF 18-270mm f/3.5-6.3 DiII VC LD Aspherical[IF] MACRO，f/11，1/80s，ISO 100，自动白平衡，270mm 焦距（405mm 相对焦距）

Tamron AF 18-270mm f/3.5-6.3 DiII VC LD Aspherical[IF] MACRO

卡口制式：Canon EF，Nikon F 卡口
支持画幅：APS 画幅
APS 格式上的相对焦距：27mm ～ 405mm
镜片结构：13 组 18 片
对角线视画角度：75° 33′ ～ 5° 55′
最大光圈：f/3.5-6.3
最小光圈：f/22 ～ f/40
光圈叶片片数：7 片
最近对焦距离：0.49m
放大倍率：0.29×
对焦系统类型：镜身小型马达
镜头防抖指数：4 级
滤光罩：花瓣形（随镜头附送）
滤镜尺寸：72mm
直径：79.6mm
长度：101mm
重量：550g

编辑视点

　　拿起此镜头，你会有种想带着它走遍世界的感觉。虽然长焦端画质一般，但其拥有全球最高的 15× 变焦能力和 VC 防抖系统及适中的价钱，它对用户吸引力不小。唯一可惜的是，厂方没有把握 Canon 多年来都无法推出此类防抖镜头的市场机会，现在推出令此镜头多了个强大对手。

近距离拍摄长镜王
Tamron

SP AF 70-200mm f/2.8
Di LD [IF] MACRO（Model A001）

精彩看点

- ◆ 支持全画幅机身
- ◆ 全画幅格式上效果：中焦至长焦
- ◆ APS格式上的效果：中焦至超长焦
- ◆ 0.95m最近对焦距离
- ◆ 推拉式AF/MF切换环
- ◆ 0.31×全画幅放大倍率
- ◆ IF内对焦，IZ内变焦设计
- ◆ 常用拍摄题材：人像、花卉昆虫、新闻、舞台表演

最强兼顾微距的长焦镜头

在同类型恒定光圈变焦长镜里，此镜一推出便先夺得多个第一荣誉。首先在重量方面，它只有1.15kg，但身为女性用户的笔者仍会觉得它重了一点，但已比"小白IS"和"小黑五代"轻了不少。第二，也是最出色的一点，是它的最近对焦距离，冠绝所有同级镜头，大大超越"黑""白"系列的1.2m至1.5m，它创下新纪录的0.95m。造就它在全画幅上的放大倍率达0.31×，在APS-C元件上更达约0.5×。应该令不少喜爱拍摄人像的影友心动。

犹如驾驶的"手感"

此镜内置了18片镜片，其中3片是LD（Low Dispersion）低色散镜片有效解决因气层散射，所产生的偏色和色散问题。镜片之上使用了多层镀膜，减低光线的镜内折射和反射现象。被纳入Di系列，证明它拥有对数码单反系统的优化。除了画质出色之外，IF内对焦及IZ内变焦设计，耐用性甚强。加上推拉式AF/MF转换环，除了加快模式切换外，也令对焦环在AF时架空，不会出现AF时被用户手掌紧握阻碍马达运作而造成损耗和故障。

▲ 测试镜头镀膜呈橙黄色

▲ 随镜头附送的镜头袋外型比较特别

▲ 内变焦与内对焦设计，令镜头不会伸长，有效防止水滴和尘埃的侵入

▲ 使用推拉式AF/MF切换环，加快切换的时间

▲ 随镜头附送的三脚架卡口，采用两段式设计，即使镜机连接中，仍能轻易拆除，组装快捷

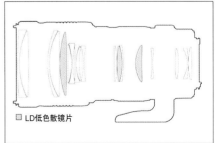

□ LD低色散镜片

▲ 3片LD低色散镜片设计，用料十足

Tamron SP AF 70-200mm f/2.8 Di LD[IF]Macro 性能测试

测试器材

Canon EOS 450D+Tamron SP AF 70-200mm f/2.8 Di LD[IF]Macro

测试说明

参见专业镜头测试方法的详细说明

分辨率测试

从实测结果得知,各个焦距的得分没有大起大落,平均得分都相当高。综合分析后,建议用户多用其 f/2.8 至 f/8 光圈拍摄,以获得较高分辨率。

Imatest 分析结果

	f/2.8	f/4	f/5.6	f/8	f/11	f/16	f/22	f/32
70mm								
中央	2707LW/PH	2094LW/PH	2025LW/PH	2006LW/PH	19P5LW/PH	1753LW/PH	1571LW/PH	969.8LW/PH
边缘	2015LW/PH	1795LW/PH	1883LW/PH	1895LW/PH	1835LW/PH	1743LW/PH	1342LW/PH	951.8LW/PH
135mm								
中央	1964LW/PH	2041 LW/PH	1975LW/PH	1940LW/PH	1878LW/PH	1738LW/PH	1299LW/PH	837.5LW/PH
边缘	1630LW/PH	1778LW/PH	1826LW/PH	1860LW/PH	1790LW/PH	1687LW/PH	1275LW/PH	811.1LW/PH
200mm								
中央	2068LW/PH	1784LW/PH	2006LW/PH	1945LW/PH	1814LW/PH	1692LW/PH	1281LW/PH	985.3LW/PH
边缘	1819LW/PH	1527LW/PH	1677LW/PH	1722LW/PH	1657LW/PH	1584LW/PH	1062LW/PH	815.8LW/PH

四角失光测试

就整体来看,此镜的表现出色。在全开光圈之下,只有后段的 200mm,才有较明显的失光,只要把光圈收至 f/8,便能完全解决问题。

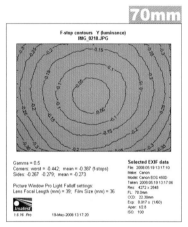 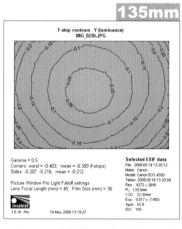 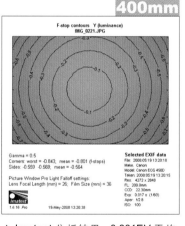

▲ Imatest 分析结果:0.387EV 平均失光量及 0.442EV 最大失光量　　▲ Imatest 分析结果:0.369EV 平均失光量及 0.403EV 最大失光量　　▲ Imatest 分析结果:0.801EV 平均失光量及 0.843EV 最大失光量

畸变控制测试

以变焦镜头来说,此镜的畸变问题可谓极少。基本上,70mm ~ 200mm 区间,畸变问题基本察觉不到。

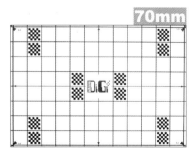 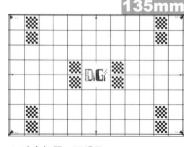 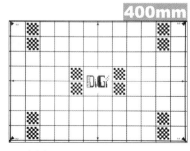

▲ 畸变问题:不明显　　　　▲ 畸变问题:不明显　　　　▲ 畸变问题:不明显

Tamron SP AF 70-200mm f/2.8 Di LD[IF]Macro 拍摄示范

▲摄影：Chloe，拍摄数据：Canon EOS 400+Tamron SP AF 70-200mm f/2.8 Di LD[IF]Macro, f/4, 1/400s, ISO 400, 自动白平衡, 200mm 焦距（320mm 相对焦距）

Sony 70-400mm f/4-5.6 G SSM

卡口制式：CanonEF， NikonF，
Pentax K， Sony α 卡口
支持画幅：135 全画幅
APS 格式上的相对焦距：105mm ～ 300mm
镜片结构：13 组 18 片
对角线画面角度：34° 21′ ～ 12° 21′
最大光圈：f/2.8
最小光圈：f/32
光圈叶片片数：9 片
最近对焦距离：0.95m
放大倍率：0.31×
对焦系统类型：镜身小型马达
镜头防抖设计：机身内置
滤光率：花瓣形（随镜头附送）
滤镜尺寸：77mm
直径：89.5mm
长度：194.3mm
重量：1.5kg

多年前的 "A09"，只有首批是日本制造，令余货被人争相抢购。前车之鉴，令不少拥护者在一开始销售时，便在亲自试用此镜后立即购买，关键是此镜头的效果十分令人满意。

Tamron镜头规格表

型号	支持画幅	支持系统卡口	最小光圈 (f/)	最近对焦距离(m)	AF 系统	防抖系统	滤镜尺寸(mm)	直径(mm)	长度(mm)	重量(g)
变焦镜系列										
SP AF28-75mm F/2.8 XR Di LD Aspherical [IF] MACRO (Model A09)	135 全画幅	C、N、K、S	32	0.33	镜身小型马达	无	67	73	92	510
AF28-80mm F/3.5-5.6 Aspherical (Model 177D)	135 全画幅	C、N、K、S	22	0.7	镜身小型马达	无	58	72	70.4	230
AF28-200mm F/3.8-5.6 XR Di Aspherical [IF] MACRO (Model A031)	135 全画幅	C、N、K、S	22	0.49	镜身小型马达	无	62	71	75.2	354
AF28-300mm F/3.5-6.3 XR Di LD Aspherical [IF] MACRO (Model A061)	135 全画幅	C、N、K、S	22-40	0.49	镜身小型马达	无	62	73	83.7	420
AF28-300mm F/3.5-6.3 XR Di VC LD Aspherical [IF] MACRO (Model A20)	135 全画幅	C、N	22-40	0.49	镜身小型马达	有	67	78.1	99	555
AF70-200mm F/2.8 Di LD [IF] MACRO (Model A001)	135 全画幅	C、N、K、S	32	0.95	镜身小型马达	无	77	89.5	1943	1150
AF70-300mm F/4-5.6 Di LD MACRO 1:2 (Model A17)	135 全画幅	C、N、K、S	32	0.95	镜身小型马达	无	62	76.6	116.5	458
SP AF 200-500mm F/5-6.3 Di LD [IF] (Model A08)	135 全画幅	C、N、S	22	2.5	镜身小型马达	无	86	93.5	224.5	1226
SP AF10-24mm F/3.5-4.5 Di II LD Aspherical [IF] (Model B001)	APS-C	C、N、K、S	22	0.24	镜身小型马达	无	77	83.2	86.5	406
SP AF11-18mm F/4.5-5.6 Di II LD Aspherical [IF] (Model A13)	APS-C	C、N、S	22	0.25	镜身小型马达	无	77	83.2	78.6	345
SP AF17-50mm F/2.8 XR Di II LD Aspherical [IF] (Model A16)	APS-C	C、N、K、S	32	0.27	镜身小型马达	无	67	73.8	83.2	440
AF18-200mm F/3.5-6.3 XR Di II LD Aspherical [IF] Macro (Model A14)	APS-C	C、N、K、S	22	0.45	镜身小型马达	无	62	73.8	83.7	405
AF18-250mm F/3.5-6.3 Di II LD Aspherical [IF] Macro (Model A18)	APS-C	C、N、K、S	22	0.45	镜身小型马达	无	62	74.4	84.3	452
AF18-270mm F/3.5-6.3 Di II VC LD Aspherical [IF] Macro (Model B003)	APS-C	C、N	22	0.49	镜身小型马达	有	72	79.6	101	550
AF55-200mm F/4-5.6 Di II LD Macro (Model A15)	APS-C	C、N、S	32	0.95	镜身小型马达	无	52	71.6	83	295
微距镜头系列										
SP AF90mm F/2.8 Di MACRO 1:1 (Model 272E)	135 全画幅	C、N、K、S	32	0.29	镜身小型马达	无	55	71.5	97	405
SP AF180mm F/3.5 Di LD [IF] MACRO1:1 (Model B01)	135 全画幅	C、N、S	32	0.47	镜身小型马达	无	72	84.8	165.7	920

C 适用于 Canon EF 卡口型号；N 适用于 Nikon F 卡口型号；K 适用于 Pentax K 卡口型号；S 适用于 Sony α 卡口型号
效果需参照组装的机身型号

走在最前面
Tokina
AT-X 116 PRO DX
(11-16mm f/2.8)

精彩看点

◆ 支持 APS 画幅机身
◆ APS 格式上的效果：超广角至广角
◆ 恒定 f/2.8 大光圈
◆ 0.3m 最近对焦距离
◆ 推拉式对焦离合器
◆ IF 内对焦，IZ 内变焦设计
◆ 常用拍摄题材：风景、建筑、旅游

比原厂更出色的 APS 恒定 f/2.8 大三元

此镜头是 Tokina 自去年起所发表三支 f/2.8 高质量数码专用镜头的最后一支，另外两支分别是 AT-X 165 PRO DX（即 16mm~50mm f/2.8）及 AT-X 535 PRO DX（即 50-135mm f/2.8）。如今这三支 f/2.8 镜头互相衔接后，能覆盖 16.5mm~200mm 的广阔焦距，把 Tokina 专业镜头系列的整体实力立即提高不少。此镜头承接先出的另外两支镜头的同款外型设计，不单拥有触目的前端银色团环和重量级金属制镜筒，还加入 Tokina 独有的对焦离合器。用户只需前后短距离拉动，就可实时切换对焦模式，使用起来较传统镜头侧面的拨杆来得方便。

全新广角优化光学设计

于 2004 推出的 AT-X 124 PRO DX（即 12-24mm f/4DX），一直备受好评，主要原因是 AT-X 124 PRO DX 使用了 P-MO 非球面镜片，在成像上有明显的改进。因此，此新款镜头不单继续沿用此 P-MO 非球面镜片，还用上重新设计的光学系统，把 P-MO 非球面镜片放于前端，再运用另外的 SD 超低色散镜片及 MOLD 共两块非球面镜片，可以有效控制畸变及提升在 17mm 全开光圈的锐度。测试发现此镜的分辨率较 AT-X 124 PRO DX 好不少，绝对能登大雅之堂。

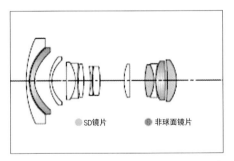

▲ 12 组 15 片的光学设计，用上了 2 片 SD 镜片及 3 片非球面镜片

▲ 采用独特的对焦环离合器，方便切换自动或手动对焦模式，离合器的做工不错，测试期间未曾出现镜头马达空转的情况

▲ 焦距刻度十分精确，由 11mm~16mm，每毫米都有刻度

▲ 与其他 AT-X PRO 镜头相比，最大的变化算是以往的"金漆招牌"被改成白金般的色彩，加上镜头前端几近银色的白金环，格外耀眼

▲ 从这个角度看，镜头的白色安装标志很容易与 Canon EF-S 镜头安装标志混淆，反之对 Nikon 系统版本没有影响

▲ AT-X 116 PRO DX 专用的 BH77A 型花瓣形遮光罩加入植绒设计，吸收杂光的效果更明显

Tokina AT-X 116 PRO DX 性能测试

测试器材

Canon EOS 450D+ Tokina AT-X 116 PRO DX

测试说明

参见专业镜头测试方法的详细说明

解像度测试

此镜在广角端的分辨率表现突出，在 f/2.8~f/11 光圈之间都保持高水平，中央和边缘得分接近。对比之下，中段至长焦端的边缘表现则稍差，幸好中央成像仍然出色。

Imatest 分析

	f/2.8	f/4	f/5.6	f/8	f/11	f/16	f/22
77mm							
中央	2223LW/PH	2326LW/PH	2265LW/PH	2215LW/PH	2310LW/PH	2045LW/PH	876LW/PH
边缘	1928LW/PH	1930LW/PH	1885LW/PH	1865LW/PH	1893LW/PH	1924LW/PH	1100LW/PH
74mm							
中央	2061LW/PH	2183LW/PH	2290LW/PH	2240LW/PH	2048LW/PH	1862LW/PH	1331LW/PH
边缘	1787LW/PH	2019LW/PH	2227LW/PH	2227LW/PH	2013LW/PH	1502LW/PH	1023LW/PH
16mm							
中央	2224LW/PH	2337LW/PH	2327LW/PH	2323LW/PH	2087LW/PH	905LW/PH	1710LW/PH
边缘	1250LW/PH	1650LW/PH	1929LW/PH	1987LW/PH	2021LW/PH	1464LW/PH	1029LW/PH

四角失光测试

此镜头的失光表现较为轻微，在 11mm 全开 f/2.8 光圈时，角位平均失光量达 1.6EV，只要把光圈收至 f/5.6 之后，失光已被大大改善。至于 16mm 的失光情况比较轻微，同样把光圈缩至 f/5.6，便能基本消除暗角。

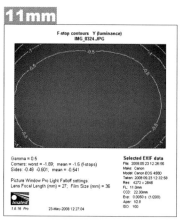

▲ Imatest 分析结果：1.6EV 平均失光量及 1.89EV 最大失光量

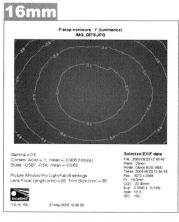

▲ Imatest 分析结果：0.906EV 平均失光量及 1EV 最大失光量

畸变控制测试

此镜头由 11mm 和 14mm 都看到明显的桶形畸变，到了 16mm 才得到缓解。

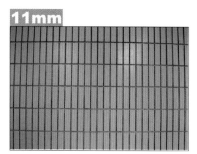

▲ 畸变问题：明显的桶形畸变

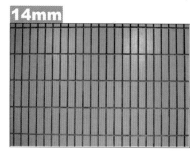

▲ 畸变问题：轻微的桶形畸变

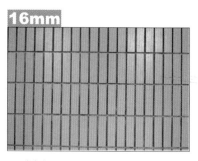

▲ 畸变问题：不明显

Tokina AT-X 116 PRO DX 拍摄示范

▲摄影：Stephen，拍摄数据：Canon EOS 450D，Tokina AT-X 116 PRO DX，f/2.8，1/4000s，ISO200，自动白平衡，11mm焦距（17.6mm相对焦距）

Tokina AT-X 116 PRO DX

卡口制式：Canon EF，Nikon F 卡口
支持画幅：APS 画幅
APS 格式上的相对焦距：16.5mm～24mm
镜片结构：12 组 15 片
对角线画面角度：82.4°～31.3°
最大光圈：f/2.8
最小光圈：f/22
光圈叶片片数：9 片
最近对焦距离：0.3m
放大倍率：0.2×
对焦系统类型：镜身小型马达
镜头防抖指数：机身内置
滤光率：花瓣形（随镜头附送）
滤镜尺寸：77mm
直径：84.0mm
长度：97.4mm
重量：620g

编辑视点

使用超广角镜头时很少会用到大光圈，不过当试过此镜后，你就会发现它的大光圈即使不常用来拍摄，但其持亮的对焦构图和平实的价格，以及最重要的成像画质都令人刮目相看，你还有不买的理由吗？

多用途1：1微距镜头
Tokina
AT-X M35 PRO DX
(35mm f/2.8)

精彩看点

◆ 支持 APS 画幅机身
◆ APS 格式上的效果：标准
◆ 14cm 1:1 放大倍率
◆ 使用对焦离合器
◆ 常用拍摄题材：人像、微距、花卉昆虫、商品

标准设计

此镜头和一般的标准镜头（相对焦距）镜头的大小相当，但却能超近距离拍摄14cm的物体。在8组9片的光学设计里，在前组镜面采用了新型的 WP（Water Protect）特殊防水光学镀膜，一边加强透光性，同时令前前镜片达到防水溅的效果，令清洁更容易。厂方资料指明此镜乃 DX 系列，专为 APS-C 画幅数码单反使用，预想它的影像覆盖范围应是只支持 APS-C 大小。但经过测试后，发现此镜的成像圈不但能完整覆盖有 1.5× 至 1.6× 裁放比率的 APS-C 画幅，而且足以覆盖有 1.3× 裁放比率的 APS-H 画幅，即能够填满 Canon、EOS1 D Mark II 或 Mark III 的感光元件。

更贴近微小的世界

对比一般镜头，微距镜头当然是为了在较短的拍摄距离，拍得较大的影像。此镜的最近对焦距离只有 14cm。若要做到 1：1 的放大倍率，镜头几乎要与被摄体碰到。初次使用的用户，可能不会注意独特的遮光罩早已装在镜头前端，此遮光罩设计精美，与镜头融为一体，但在进行 1：1 拍摄时，建议先拆下它，否则可能阻挡周围投射在主体上的灯光效果。此镜秉承 Tokina 一触式对焦离合器系统，弹指之间，将对焦环拉上推下就能切换 AF 开关，减少转换的时间，测试后感到切换环的手感也相当顺畅易用。

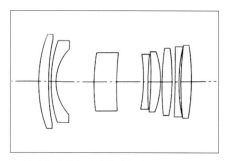

▲ 镜头组由8组9片镜片组成

▲ 当镜身于无限远时，前镜头组像嵌入了镜筒内一样。变焦至最近的 14cm 时，镜会明显伸出。随镜头附送遮光罩和镜合二为一，若不说，你也不知道已经安装上了

▲ 位于镜首宽大的对焦环，不但负责手动对焦，只要把它上 / 下驱动，所使用的对焦离合器，便能快速转换 AF/MF 模式

▲ 在镜身旁边设有对焦区域限制设计；若不需拍摄 1：1 的近距离拍摄事物，设为 LIMIT 后，能减短对焦幅度，减少搜寻时间

▲ 若在最近的对焦距离下进行拍摄，可见装上遮光罩后前组镜头像差不多会"触到"被摄体

▲ 用最高倍率拍下 1：1 的 SD 卡影像

Tokina AT-X M35 PRO DX 性能测试

测试器材

Nikon D3X+Tokina AT-X M35 PRO DX

测试说明

参见专业镜头测试方法的详细说明

分辨率测试

通过实测影像和软件分析，发现此镜的分辨率十分高，正式使用下，在 DX 区域的中央分辨率得分最高能达 3000LW/PH，不论最大光圈和最小光圈画质变化不大，成绩令人满意。特别使用全画幅感光范围拍摄，发现中央得分更加高，最高点达到 3350LW/PH，相信是因为改用全画幅拍摄，摄距相应拉近了，影像被拉大。意想不到的是在全画幅下，此镜的边缘位置（超出 DX 区域的）也得到颇高的分数，只要稍稍裁去全画幅影像的少许边角范围，就能继续使用。

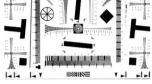

▲ DX 区域拍摄效果及中央和边缘取样分析位置

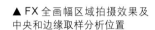

▲ FX 全画幅区域拍摄效果及中央和边缘取样分析位置

Imatest 分析结果

	f/2.8	f/4	f/5.6	f/8	f/11	f/16	f/22
DX 区域							
中央	2744LW/PH	2899LW/PH	3012LW/PH	2940LW/PH	2896LW/PH	2691LW/PH	2398LW/PH
边缘	2649LW/PH	2702LW/PH	2859LW/PH	2819LW/PH	2751LW/PH	2475LW/PH	2272LW/PH
FX 区域							
中央	3159LW/PH	3288LW/PH	3352LW/PH	3291LW/PH	3152LW/PH	2984LW/PH	2647LW/PH
边缘	2758LW/PH	2928LW/PH	2949LW/PH	2970LW/PH	2960LW/PH	2795LW/PH	2505LW/PH

四角失光测试

从测试结果分析，当此镜在正常情况下在 APS 画幅的 DX 机身上使用时，最大光圈最高失光也只有 0.766EV，效果十分理想。一旦把它强行使用在全画幅 FX 机身上，四角便会出现极严重的失光（成像圈不覆盖）现象，而且失光变化十分严重，一下子就全黑了。但若把此镜安装在有 1.3× 裁放比率的 APS-H 画幅机身上，虽然失光仍然比在 DX 机上严重一点，但最高只有 1.18EV 失光，是可以接受的。

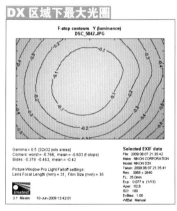

▲ Imatest 分析结果：0.603EV 平均失光量及 0.766EV 最大失光量

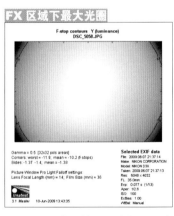

▲ Imatest 分析结果：10.2EV 平均失光量及 11.9EV 最大失光量

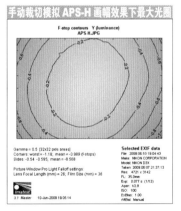

▲ Imatest 分析结果：0.989EV 平均失光量及 1.18EV 最大失光量

畸变控制测试

此镜头在 DX APS-C 画幅下的线条效果，十分理想，没有出现明显的畸变，用来拍摄室内设计或商品照片十分适合。转到 FX 全画幅下，虽然出现明显的四角失光，但即使贴近边缘，线条依然笔直，没有明显的畸变。

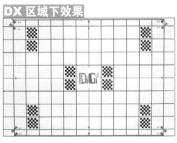

▲ 畸变问题：不明显

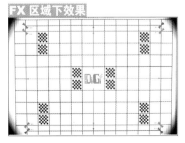

▲ 畸变问题：不明显

Tokina AT-X M35 PRO DX 拍摄示范

▲摄影：Chloe，拍摄数据：Canon EOS 40D，Tokina AT-X M35 PRO DX（35mm f/2.8），f/11，1/5s，ISO 400，日光白平衡，35mm 焦距（56mm 相对焦距）

Tokina AT-X M35 PRO DX
（35mm f/2.8）

卡口制式：Canon EF、Nikon F 卡口
支持画幅：APS-C 全画幅
APS-C 格式上的相对焦距：52.5mm
镜片结构：8 组 9 片
对角线画面角度：43°
最大光圈：f/2.8
最小光圈：f/22
光圈叶片片数：9 片
最近对焦距离：14cm
放大倍率：1×
对焦系统类型：镜身小型马达
镜头防抖指数：不支持
滤光率：简形（随镜头附送）
滤镜尺寸：52mm
直径：73.2mm
长度：60.4mm
重量：340g

编辑视点

越来越不能小看 DX 镜头，不只 Nikon 原厂的 AF-S Nikon 35mm 1.8G 也有类似现象，连副厂也都不会吝惜光学设计。专为 DX 格式使用的镜头用在像 EOS-1D Mark III级别的机身上，效果会相当不错。究竟此镜头是一支微距镜头？还是广角镜头？还要看用户怎样用以及用在哪一部机身上了。

Tokina镜头规格表

型号	支持画幅	支持系统卡口	最小光圈（f/）	最近对焦距离（m）	AF 系统	防抖系统	滤镜尺寸（mm）	直径（mm）	长度（mm）	重量（g）
变焦镜系列										
AT-X 107 DX 10-17mm f/3.5-4.5	APS-C	C、N	22	0.14	镜身小型马达	无	不设滤镜加装	70	71.1	350
AT-X 116 PRO DX 11-16mm f/2.8	APS-C	C、N	22	0.3	镜身小型马达	无	77	84	89.2	560
AT-X 124 PRO DX 2 12-24mm f/4	APS-C	C、N	22	0.3	镜身小型马达	无	77	84	89.5	540
AT-X 165 PRO DX 16-50mm f/2.8	APS-C	C、N	22	0.3	镜身小型马达	无	77	84	97.4	620
AT-X 16.5-135 DX 16-135mm f/3.5-5.6	APS-C	C、N	22	0.5	镜身小型马达	无	77	84	78	610
AT-X 535 PRO DX 50-135mm f/2.8	APS-C	C、N	22	1	镜身小型马达	无		78.2	1352	845
AT-X 840 D 80-400mm f/4.5-5.6	135 全画幅	C、N	32	2.5	镜身小型马达	无	72	79	136.5	990
微距镜系列										
AT-X M35 PRO DX 35mm f/2.8	APS-C	C、N	22	0.14	镜身小型马达	无	52	73.2	60.4	340
AT-X M100 PRO D 100mm f/2.8	135 全画幅	C、N	32	0.3	镜身小型马达	无	55	73	95.1	490

C 适用于 Canon EF 卡口型号；N 适用于 Nikon F 卡口型号
效果需参照组装的机身型号

超近距离拍摄复刻厂饼干镜头
Voigtländer
Ultron 40mm f/2 SL II

精彩看点

◆ 支持全画幅机身
◆ 全画幅上的效果：标准
◆ APS 格式上的效果：中焦
◆ 复刻设计金属镜身
◆ "饼干镜头"外型
◆ 随镜头附送近距离拍摄滤镜
◆ 支持数码单反自动测光
◆ 常用拍摄题材：纪实、风景、生活、室内设计、近距离拍摄

复刻之作

　　资深摄影人对 Voigtländer 福伦达并不会陌生，它是拥有上百年历史的著名品牌，大部分 Voigtländer 镜头都是全机械手动操作。自 1999 年被日本 Cosina 公司收购后，推出不少经典型 Voigtländer 新版镜头。此镜头更成为现在唯一可以完全支持 Nikon DSLR 的"饼干镜头"，令 Nikon 用户重新找回往日全手动拍摄的感觉。新版使用简单的 5 组 6 枚镜片设计，在最后的一片用上了非球面镜片。

配件多趣味更多

　　当打开包装的一刻，就被 Ultron 40mm f/2 SL II 随镜附送的多样配件所吸引。向内延伸的遮光罩设计充满古典味道，安装后镜身厚度也不会大幅增加，原装的镜头盖及专用近距离拍摄滤镜也必须安装在遮光罩的开口上，因此绝大部分时间都不需拆去遮光罩，若喜欢拍摄近距离拍摄与静物照片，Ultron 40mm f/2 SL II 提供的乐趣，不只附送的近距离拍摄效果显著且易用，滤镜配合其圆形光圈叶片设计，即使是 f/5.6 或更小光圈，其焦外成像效果依然迷人。

▲ 早期没有电子接点的旧版 Ultron 40mm f/2 SL

▲ 随镜头附送丰富的配件，中间的为近距离拍摄滤镜。即使把全部配件装上，镜身依然很薄

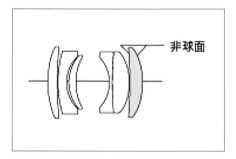

▲ 简单的 5 组 6 片光学设计，在最后一枚用上非球面镜片

▲ 镜身厚度只有几厘米，同样十分纤薄的遮光罩，即使长时间装上，也不会影响它的造型

▲ 在 DX 格式的数码单反上使用，无需加装滤镜（左）与加上近距离拍摄滤镜（右）的最大光圈 f/2 拍摄效果。能看到附送的近距离拍摄滤镜的威力

▲ 在镜尾加设电子接点，让机身的 A 光圈先决模式能正常使用

Voigtländer Ultron 40mm f/2 SL II 性能测试

测试器材

Nikon D3X+Voigtländer Ultron 40mm f/2 SL II

测试说明

参见专业镜头测试方法的详细说明

分辨率测试

此镜的分辨率平均成绩很高，最佳的成像出现于 f/5.6 ～ f/8 之间，但即使全开光圈拍摄，也无须担心边缘位置的成像。

Imatest 分析结果

	f/2	f/2.8	f/4	f/5.6	f/8	f/11	f/16	f/22
中央	2892LW/PH	3129LW/PH	3076LW/PH	3315LW/PH	3143LW/PH	3137LW/PH	2922LW/PH	2580LW/PH
边缘	2595LW/PH	2791LW/PH	3050LW/PH	3101LW/PH	3104LW/PH	2990LW/PH	2697LW/PH	2438LW/PH

四角失光测试

测试分析得出此镜在全开光圈的情况下，最大失光量达 2.31EV，但只要收小至 f/5.6 便能大大改善。

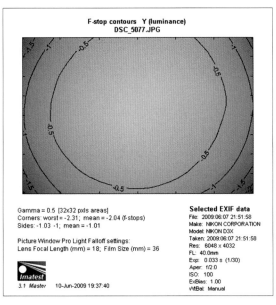

▲ Imatest 分析结果：
2.04EV 平均失光量及 2.31EV 最大失光量

畸变控制测试

此镜虽然出现轻微的桶形畸变，但程度不大，略加简单的后期处理，便能修正。

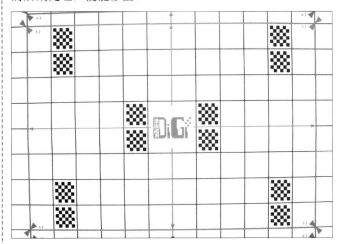

▲ 畸变问题：轻微的桶形畸变

Voigtländer Ultron 40mm f/2 SL II

卡口制式：NikonF、PentaxK 卡口
支持画幅：135 全画幅
APS 格式上的相对焦距：60mm
镜片结构：5 组 6 片
对角线画面角度：57°
最大光圈：f/2
最小光圈：f/22
光圈叶片片数：9 片（圆形）
最近对焦距离：0.38m/0.25m（装上附送近距离拍摄滤镜后）
放大倍率：0.14×/0.25×（装上附送近距离拍摄滤镜后）
对焦系统类型：全手动
镜头防抖指数：机身内置
遮光罩：筒形（随镜头附送）
滤镜尺寸：52mm
直径：63mm
长度：24.5mm
重量：200g

编辑视点

此镜头的复刻推出，不只会令一批手动机用户找到替代品，镜头上增加了电子卡口，令顶级相机或入门机型自由使用 AE 功能。随镜头附送的一枚近距离拍摄滤镜，令此镜的套装变得很超值。凭此镜头的近距离拍摄和大光圈焦外成像魅力，相信会吸引不少用户。

▲摄影：Sam，拍摄数据：Nikon D200，Voigtländer Ultron 40mm f/2 SL II，f/4，1/30s，ISO 400，自动白平衡，40mm 焦距（60mm 相对焦距）

二度重生的人像镜头之"眼"

Voigtländer
NOKTON 58mm f/1.4 SL II

精彩看点

- ◆ 支持全画幅机身
- ◆ 全画幅格式的效果：标准
- ◆ APS格式上的效果：中、长焦
- ◆ 支持电子光圈操控
- ◆ 1.4大光圈
- ◆ 坚硬的金属镜身
- ◆ 常用拍摄题材：纪实、人像、风景、生活

经典灵现

故事要由复刻限量镜头 Auto-Topcor 58mm f/1.4 开始说起，此镜由早期 Tokyo Kagaku（东京光学所）生产，光学性能十分高，但当年只作全球限量发售800支，在市场上一直备受追捧，一度成为话题之作。2008年11月，COSINA宣布推出 Voigtländer NOKTON 58mm f/1.4 SL II，镜头的光学设计就是以前作 Auto-Topcor 58mmf/1.4 为蓝本，继承了前作优良的光学性能，再加入相应的数码单反部件，然后重新推出。在外型材料上，SL II 版本采用全金属镜筒及前端的电镀材质，都比前作有所提高。在数码时代，能同时兼顾经典与质量，就是该镜头的精髓。

手动的享受

SL II 新版把旧作优良的光学系统保留了，此举令光学性能与成像味道，都有别于一般数码新款镜头。唯一改变的是内置了CPU电子接口，提供 Nikon F 卡口和 Pentax KA 卡口，让用户选购。电子卡口让中低档的 DSLR 保持自动测光，让程序自动（P模式）和光圈先决（A模式）等功能运作正常。另一个令不少 DSLR 用户有更想购买的原因，是此镜头在 DX 格式上，相对焦距变为87mm，其视角范围极适合拍摄半身人像至人像特写，虽然后文的 SFR 分辨率测试中，发现此镜头在 f/2.8 时，会有分辨率突飞猛进的情况。但其 f/1.4 最大光圈，令取景器十分明亮，手动推焦时，用户容易判断焦点，减少手动对焦的失误机会。虽然建议收小至 f/2.8 或更较小光圈拍摄，但此时已有不错的焦外成像效果，在比较静态的模特儿拍摄上，NOKTON 58mm f/1.4 SL II 的手动对焦不难使用，而且影像效果吸引满足了不少怀旧的摄影爱好者（包括笔者在内）手动对焦的要求。

▲ 早期的 Auto-Topcor 58mm f/1.4

▲ SL II 新版采用6组7片的光学设计，简单实用

▲ 在坚硬的镜身之上，找到明显的对焦环，用黑色胶团包裹，以一般男性手掌来说宽度适中，而且转动时顺滑流畅，手感良好

▲ 内置了CPU及电子接点，提供了支持 Nikon 和 Pentax 机身的 A 光圈优先功能

▲ 此镜的体积尺寸介乎于 Nikon AF-S50mm f/1.4G 和 Nikon AF 50mm f/1.8D 之间，但重量却比两支 Nikon 重约30%，感觉有分量

▲ 当此镜由无限远对焦至最近位置，镜身会延伸约1/4的长度

Voigtländer NOKTON 58mm f/1.4 SL II 性能测试

测试器材

Nikon D3X+Voigtländer NOKTON 58mm f/1.4 SL II

测试说明

参见专业镜头测试方法的详细说明

分辨率测试

此镜的成像平均来看是较小光圈部分胜过大光圈部分，即使用上最小的 f/16 光圈，中央和边缘得分仍然很高。

Imatest 分析结果

	f/1.4	f/2	f/2.8	f/4	f/5.6	f/8	f/11	f/16
中央	2731LW/PH	2886LW/PH	3053LW/PH	3142LW/PH	3267LW/PH	3230LW/PH	3209LW/PH	3004LW/PH
边缘	1871LW/PH	2420LW/PH	2778LW/PH	2837LW/PH	3097LW/PH	3111LW/PH	2864LW/PH	2826LW/PH

四角失光测试

此镜的最大光圈四角失光现象颇为明显，最高达 2.7EV，需要收小约 4 挡到 f/4 才得以缓解。

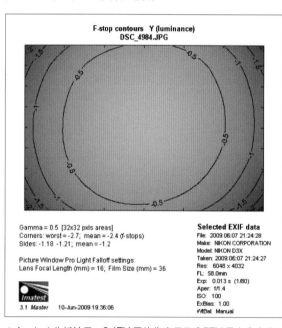

▲ Imatest 分析结果：2.4EV 平均失光量及 2.7EV 最大失光量

畸变控制测试

此镜头的畸变控制能力十分出色，整体上只发现很少很少的畸变现象，很难察觉。

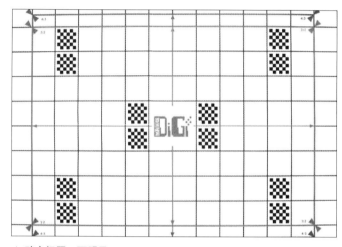

▲ 畸变问题：不明显

Voigtländer NOKTON 58mm f/1.4 SL II

卡口制式：Nikon F、PentaxK 卡口
支持画幅：135 全画幅
APS 格式上的相对焦距：87mm
镜片结构：6 组 7 片
对角线画面角度：40°
最大光圈：f/1.4
最小光圈：f/16
光圈叶片片数：9 片（圆形）
最近对焦距离：0.45m
放大倍率：0.17×
对焦系统类型：全手动
镜头防抖指数：机身内置
遮光罩：筒形（另购）
滤镜尺寸：58mm
直径：64.4mm
长度：47.5mm
重量：320g

编辑视点

此镜头与其他 Voigtländer 镜一样，是摄影界中的一支奇葩，若只看锐度和方便性，并不会选上它，而且价钱也不便宜，但使用 MF 拍摄的娱乐性却很强。坚持不变的手动对焦，令心急的摄影者（如笔者）心态放慢下来，做到张张"合焦"就会很有满足感。

Voigtländer NOKTON 58mm f/1 .4 SL II 拍摄示范

▲摄影：Sam，拍摄数据：Nikon D200，Voigtländer NOKTON 58mm f/1 .4 SL II，f/9.5，1/180s，ISO 100，自定义白平衡，58mm 焦距（87mm 相对焦距）

Voigtländer镜头规格表

型号	支持画幅	支持系统卡口	最小光圈（f/）	AF系统	防抖系统	最近对焦距离（m）	滤镜尺寸(mm)	直径(mm)	长度(mm)	重量(g)
旁轴相机镜头系列										
Ultra Wide-Heliar 12mm f/5.6 Aspherical	135 全画幅	L	22	全手	由机身提供	0.3	不设滤镜加装	50.5	38.2	162
Super Wide-Heliar 15mm f/4.5 Aspherical	135 全画幅	L	22	全手	由机身提供	0.3	58	49.6	30.7	105
Super Wide-Heliar 15mm f/4.5 Aspherical II VM	135 全画幅	VM	22	全手	由机身提供	0.5	不设滤镜加装	59.4	38.2	156
Color-Skopar 21mm f/4P	135 全画幅	VM	22	全手	由机身提供	0.5	55	55	25.4	136
Color-Skopar 21mm f/4	135 全画幅	L	22	全手	由机身提供	0.5	厂方未有提供	49.6	29.1	109
Color-Skopar 25mm f/4 P	135 全画幅	VM	22	全手	由机身提供	0.5	55	55	30.3	144
Ultron 28mm f/2	135 全画幅	VM	22	全手	由机身提供	0.7	厂方未有提供	55	51.2	244
Color-Skopar 35mm f/2.5 P II	135 全画幅	VM	22	全手	由机身提供	0.7	55	55	23	134
Nokton classic 35mm f/1.4	135 全画幅	VM	16	全手	由机身提供	0.7	厂方有提供	55	28.5	200
Nokton 35mm f/1.2 Aspherical	135 全画幅	VM	22	全手	由机身提供	0.7	厂方有提供	63	77.8	490
Nokton classic 40mm f/1.4	135 全画幅	VM	16	全手	由机身提供	0.7	厂方有提供	55	29.7	175
Nokton 50mm f/1.1	135 全画幅	VM	16	全手	由机身提供	1	厂方有提供	69.6	57.2	428
Color-Heliar 75mm f/2.5	135 全画幅	L	16	全手	由机身提供	1	厂方有提供	55.5	64.5	230
APO-Lanthar 90mm f/3.5	135 全画幅	L	22	全手	由机身提供	1	厂方有提供	51	90	260
单镜反光相机镜头系列										
Color Skopar 20mm f/3.5 SL II Aspherical	135 全画幅	F、K	22	全手	由机身提供	0.2	52	63	28.8	205
Ultron 40mm f/2 SL II Aspherical	135 全画幅	F、K	22	全手	由机身提供	0.38 / 0.25 （使用原装近摄滤镜后）	52	63	24.5	200
Nokton 58mm f/1.4 SLII	135 全画幅	F、K	16	全手	由机身提供	0.45	58	64.4	47.5	320

N 适用于 Nikon F 卡口型号；K 适用于 Pentax K 卡口型号
效果需参照组装的机身型号

镜头效果优化附件
滤镜介绍及应用示范

留意镜头的设计，会发现目前厂商全部以高透光、如肉眼所见为发展方向，但"预设"效果并往往大同小异。要想多玩出点效果，除了 Photoshop 后期制作外，推荐加装不同的滤镜，并配合不同焦距镜头，自创独有的拍摄风格。滤镜种类繁多，接下来就把各种不同用途的滤镜逐一介绍，随附上实际使用技巧说明。

———— 功能滤镜 ————

保护镜

说到表面最无功能性，但又非用不可的，莫过于保护镜（Protector）。一听便知，保护镜最大的功能就是保护最重要的镜头表面，防止意外刮花或沾上水滴、油脂。虽然没有光学效果的添加，但好的保护镜同样拥有镀膜，甚至是多层的，以此减低失光和滤镜与镜头之间的内反射造成的影响。

UV 滤镜

不少使用德国古董镜头的胶片机用户，会选择不用保护镜，以确保 100% 纯镜头味道。但在数码单反上，建议使用具有过滤紫外光能力的 UV 镜片。除了能保护前端镜片，还能降低非可见的紫外光对电子感光元件的数据收集影响，减少影像发白和偏色现象。

环形偏光滤镜（C-PL）

早期的偏光滤镜并非环型，而是直向线性型的，但在电子对焦和测光系统上，线性型的偏光效果会影响系统运作，造成错误，所以才兴起使用环型的 C-PL。不论是 C-PL 或 PL 滤镜，其功用都是过滤单向偏振光线，这种偏振光经常出现于水面或非金属平面的反射光之中。使用方法十分简单，只要 C-PL 转动，反光便会渐渐减弱，到特定位置时，反光便会突然消失；再转动 C-PL，反光又再次出现并渐渐加强，该现象循环发生。除了过滤反射光外，使用 C-PL 向着晴天的天空或满是烟霞的海港时，可过滤空气中某一方向的漫射光射，感觉就像蓝天更蓝，烟霞消散了一样。可谓拍摄风景照片必备的用品之一。

使用 C-PL 前

使用 C-PL 后

使用 C-PL 前

使用 C-PL 后

近距离拍摄滤镜

　　拍摄超近距离的对象，最理想的当属使用微距专用镜头。不过其价钱较高，而且用途不太广泛，未必每位用户乐意选购。市面上也因此出现不少折中方法，例如伸延管和镜头倒接卡口，虽然价钱一般，但画质保持和操控方便性便会降低一点。相比之下，较多人使用的是近距离拍摄滤镜。近距离拍摄滤镜其实是一枚附加的凸透镜，可以直接套用在镜头前端，令镜头缩短最近对焦距离，滤镜边位上标注的数字越大，近距离拍摄的能力就越强。此方法能在不影响曝光和色调的条件下，拉近拍摄距离，只是装上镜头后会失去无限远的对焦能力，所以拍摄完近距离拍摄物后便要拆除。另外，选购时要选定尺寸，买大一点的可以用转卡口配接上较小的镜头上，但价钱会因尺寸大了而大幅上升。用户在购买时要多多留意。

▲ Voigtlander ULTRON 40mm F2 SL Ⅱ 加装近距离拍摄滤镜前

▲ 使用近距离拍摄滤镜后，放大倍率由 0.14× 变为 0.25×

ND 滤镜

　　ND 滤镜是一块刻意制造"低透光"的镜片。把进入镜头的光线减弱，是为了一些特别拍摄题材，主要是把快门速度大幅减慢，尤其是当使用最低感光度和最小光圈仍未足够的情况下。市面上销售的 ND 滤镜分有多个等级，但以 ND2、ND4 和 ND8 最为普遍。号数的分类，主要是将光线减至原来的 1/2（即减 1 级光）、1/4（即减 2 级光）及 1/8（即减 3 级光），依次类推。在什么情况下需要使用 ND 滤镜呢？有什么题材是非慢快门不可的？很多人喜欢拍摄日光下的流水，若要拍出淙淙流水的模样，1s 快门是基本的，有些人更会选择 10s 或更长时间。若你的 DSLR 的最低感光感是从 ISO 200 起始的话，那就更加需要 ND 滤镜。在选购 ND 滤镜时，建议购买减光量适中的 ND4 滤镜，若效果不足，可以再加上 ND2 或更大号数的 ND 滤镜，让拍摄更为便利。

▲ ND4 滤镜　　　　　　▲ 普通 UV 滤镜

▲ 未使用 ND 滤镜前，光圈已收小，但仍然未足能将瀑布的动态美表达出来（f/11，1/40s）

▲ 使用 ND4 滤镜后，在不改变光圈（即景深）情况下，可以拍到瀑布流水淙淙的照片（f/7.1，1/8s）

渐变滤光镜（Gradual ND）

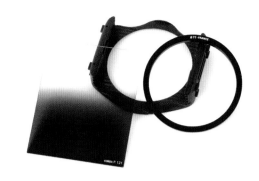

　　应该是风景"专家"的"沙龙"摄影，常常刻意使天空具有极高的色彩和饱和度。但现实又怎会如此理想，所以摄影师必须各施其法，有人会使用 C-PL，但更有效的是使用渐变减光滤镜。渐变减光镜的外观一部分是透明的，而另一部分是有颜色的或如 ND 滤镜般的中性灰色的减光镜片，中间过渡部分为渐变深浅的地方。这种滤镜用法可分为两种，一种是像普通滤镜般，使用固定圆形框架装在镜头上面，优点是易于安装，而且不易意外脱落，但缺点是用户不能够调整减光效果的范围，即渐变位置（如果天空占 3/4，地面占 1/4 的话，这类减光镜就不太适合）。另一种呈正方形，使用时需要将镜片插入特定专用支架上，当中以 Cokin 的产品较为出名，但因是玻璃制造，售价略高。部分精打细算的用户则选用"天涯"滤镜，价格低，使用塑料制造，容易刮花及影响光学镜头，但收藏容易。大家在购买渐变滤光镜时，最好先向店员询问清楚，再利用橱窗内的陈列品进行试拍，避免买了没有用，或买很多镜片，却不能使用。

▲ 在没有滤镜的拍摄时，若要拍出云彩，建筑物便需克服曝光不足，变成漆黑一片

▲ 使用渐变减光镜后，把天空和建筑物的影像曝光拉近了很多，令两者的曝光同时正常

星光镜

　　一些拍灯光的照片常会有一颗一颗星星闪闪的效果，但这些并非镜头实拍的效果，一般镜头的光圈都呈圆形或多边形，所以只会拍出相同形状的光线散发效果。这些讨好人的星星效果，其实是星光镜的效果。这些滤镜是利用光线衍射的原理，但因为拥有不同型号（十字型、米字型等），所以摄影界简称为星光镜。这些星光镜的衍射效果，对点状的发光光源最为有效，例如大厦灯饰的灯泡，超广角镜头下的黄昏日落较小的太阳和一些平面的反光。

▲ 一般灯饰拍摄效果

▲ 使用"星光镜"的拍摄效果

柔光镜（Diffuser）

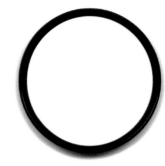

　　美女可算是最受人喜爱的拍摄对象，但又会有多少女孩是天生的模特儿，大部分女孩子都是喜欢化妆后的模样，甚至是照片与真人越不同越好，除了 Photoshop 的拉长压扁外，在影像上加上柔焦效果，既能突出女性的温柔，毛孔、眼袋也比较难察觉到，是很多女孩的梦幻秘技。Photoshop 的功能差不多可以取代 80％ 以上的滤镜功能，但制作方法始终不够简易，如想后期制作效果能媲美真实滤镜，每张照片可能要经过 10 多个步骤和数十分钟。如果真的喜欢柔焦效果，长期使用，倒不如直接使用滤镜更好。虽然柔光镜没有太多种类，但却分了不少等级，即不同程度的柔化效果，以下便实测 3 种柔光镜效果。

▲ 一般拍摄效果

▲ 使用柔光镜的效果

善用光源
发挥柔焦效果

　　在使用柔光镜时，要小心留意拍摄环境和模特的位置，在有阳光照射和高一点点反差的情况下，柔焦效果才会显现出来。否则，影像会模糊。

▲ 使用了 Soft1 柔光镜的效果

▲ 使用了 Soft2 柔光镜的效果